오늘도 여행처럼
살기로 했다

오늘도 여행처럼
살기로 했다

유럽에서 만난 빛나는 장면들   박재신(시니플) 지음

오늘의 행복을 위해 여행처럼 살기로 했다

서른 살, 두 번의 퇴사와 함께 여러 나라를 여행했습니다. 오늘의 행복이 얼마나 소중한지 잘 알기에 올해는 여행 같이 살기로 했습니다. 제 시선 속 그날의 온도, 느껴지던 분위기, 함께했던 사람들과의 추억이 켜켜이 쌓여 '여행'이 되었습니다. 제가 여행에서 담아 온 향기가 당신에게도 짙게 스며들기를 기대합니다.

여행과 함께했던 20대를 떠나보내고 30대를 맞이하며 그동안의 여행기를 정리해 보았습니다.

Q **여행만 다니는 게 가능해?**

청소년들의 꿈을 찾아 주는 게 꿈이었다. 어렸을 때부터 나름대로 꿈을 가지고 정했던 사회복지라는 전공에 거부감은 없었다. 대학교 4학년 졸업을 앞두고 카페 아르바이트를 하던 스물다섯, 나는 졸업과 동시에 세계여행을 떠나기로 마음먹었다. 베트남행 티켓을 끊어 놓고 한 달쯤 남았을 무렵, 면접 경험이나 쌓아 보자고 지원한 종합복지관에 덜컥 합격해 버렸다. 당시에는 좋은 게 좋은 거라 위로하며 비행기표를 취소했다. 원하던 청소년 프로그램을 담당할 수 있었고, 나름대로 비전과 맞는 일을 한다며 기뻐했던 2년이었다. 초년생의 열기로 너무 달렸던 탓일까? 내 한계를 잘 몰랐던 나는 모르는 새 마음이 많이 지쳤던 것 같다. 마음 한편에 그때 가지 못한 장기여행에 관한 미련도 한몫했다. 그렇게 나는 퇴사를 결정함과 동시에 첫 유럽 여행을 떠났다. 모든 것이 낯설고 새로웠다. 그리고 나를 설레게 했다. 마중물이었을까. 그 여행을 시작으로 작고 큰 여행을 참 많이 다녔고 매년 유럽 여행을 떠났다.

코로나가 시작되기 전, 유럽에서 스냅 사진작가로 활동할지 아니면 한국으로 돌아가 다시 취업할 것인지의 기로에 놓였다. 나는 취업을 선택했고 감사하게도 코로나가 막 시작할 무렵 다시 회사에 들어갈 수 있었다. 이전 직장보다 연봉도 높았고, 팀원들과 시너지가 좋아 더할 나위 없던 직장이었다. 전 세계가 전염병으로 분투 중인 데다가 비행길도 막혔던 터라 정말 다행이라고 생각했다. 코로나로 인해 많은 것이 달라졌다. 이전에는 쉽게 지우던 여행 기록 하나하나가 아까웠다. 다시는 떠날 수 없을지도 모른다는 불안감이 다시 갈증을 키웠다. 이번에도 2년, 박수 칠 때 떠난다는 말처럼 함께했던 사람들과 기분 좋은 작별을 마쳤다. 그렇게 다시 여행길에 올랐다. 여전히 유럽은 아름다웠다.

그 뒤로 올해'는' 여행처럼 살겠다던 나는 올해'도' 여행처럼 살고 있다. 취향의 도시를 서너 번씩 나다니고, 서로 다른 계절에 같은 풍경을 마주하며 서른이 되어서야 지난 시간을 정리해 본다. 적어도 이 책을 읽는 동안만은 여러분도 여행 같은 시간을 보냈으면 좋겠다.

Q   여행은 왜 그렇게 다녀?

한참을 걷고 또 걷다가 문득 뒤를 돌아보고 싶은 순간이 있다. 그때 돌아서서 보는 풍경은 거짓말처럼 모두 아름다웠다. 인생을 살면서 항상 내 선택이 후회 없는 결정이기를 기도하는데, 그중에서도 가장 자신 있게 이야기할 수 있는 선택은 여행이었다. 20대부터 지금까지 여행에 사용한 돈을 계산해 보면, 못해도 혼자 독립할 수 있는 전세금쯤은 되지 않을까. 하지만 여행에 사용한 돈이 아깝다고 생각해 본 적은 단 한 번도 없다. 여러 사건을 겪으며 깨달은 만큼 편견은 줄고, 세상을 바라보는 시야는 넓어졌다. 덕분에 그렇게 맞이한 서른 살은 꽤 멋지다.

요즘은 꿈을 물어보는 것조차 꼰대라는데 나는 여전히

꿈을 묻는 것을 좋아한다. 동생들에게 서른까지 놀아도 된다고 입버릇처럼 말하고 다녔던 내가 서른이 넘었다. 논다는 것은 아무것도 하지 않는다는 의미가 아니다. 열심히 논다는 건 무언가에 열심히 몰두하는 것을 의미한다. 헤매는 만큼 자신의 땅이 된다는 말처럼 인생에 쓸모없는 경험은 없다.

어른들은 한 살이라도 어릴 때 많이 여행하라고 이야기한다. 젊어서 여행하라는 이야기엔 체력적인 부분도 있지만, 한 번도 경험해 보지 못한 낯선 세계에서 다양한 경험을 쌓으란 얘기가 아닐까 싶다. 지금은 유튜브나 다양한 SNS 채널로 방에 누워 지구 반대편의 작은 소식까지도 접할 수 있는 세상이다. 하지만 직접 다니고, 먹고, 느끼는 것과는 분명 차이가 있다. 생각해 보면 방황하고 싶을 때마다 여행을 떠났던 것 같다. 방황의 크기에 비례해 멀리 떠났으리라 짐작한다. 스스로를 지키지 못했을 때도, 지금이 아니라면 다시는 오지 않을 기회라고 생각했을 때도 떠났다.

그런 의미에서 여행은 꿈을 찾아 떠나는 행위일지도 모르겠다. 어떤 일이 일어날지 잘 보이지 않을 때도 있고, 바라본 방향으로만 걸을 수도 없다. 대신 기대하지 않았던 길에서 세상에서 가장 아름다운 풍경을 선물받을 때도 있다.

돌이켜보면 내가 떠난 모든 여행에 목적은 없었다. 극한의 효율을 따지는 내가 유일하게 관대해지는 게 여행이었다. 여행이란 거창한 것도 아니고, 꼭 무언가를 이루고 와야 하는 목표도 아니다. 이미 떠난다는 여정과 동시에 여행은 시작된다. 길 위에서 마주하는 급박한 순간에 대처할 수 있는 유연함, 다양한 사람들과 문화를 포용할 수 있는 관대함과 같은 마음의 힘을 기르는 것. 여행에서 얻는 정말 소중한 경험이자 중요한 훈련이다. 그래서 우리는 여행을 떠나야 한다.

또다시 유럽에 간다면, 버킷리스트

- 산티아고 순례길 걷기(아직까지는 순례길을 걸을 만큼 마음의 짐이 쌓이지 않았다)
- 와인을 잘 알지 못하는 나조차 빠져 버린 '포트와인' 산지 가기
- 세 번째 돌로미티는 산장 깊숙한 곳에서 밤을 보내며 은하수 보기
- 물과 친해진다면 포르투갈 라고스에서 서핑하기
- 다시 로마에 간다면 바티칸 쿠폴라 올라가는 거 잊지 않기
- 세 번째 드레스덴은 성당 전망대에서 꼭! 크리스마스 마켓 보기
- 애증의 자코파네, 여름에 가서 에메랄드빛 호수를 거니는 순록 만나기
- 세체니 온천에서 당당하게 수영복을 입은 채로 사진 찍기
- 스플리트에서 흐바르섬으로 들어가 진짜 휴가 즐기기
- 토스카나 산퀴리코 도르차에서 은하수 보기

2부 서유럽

3부 동유럽

1부

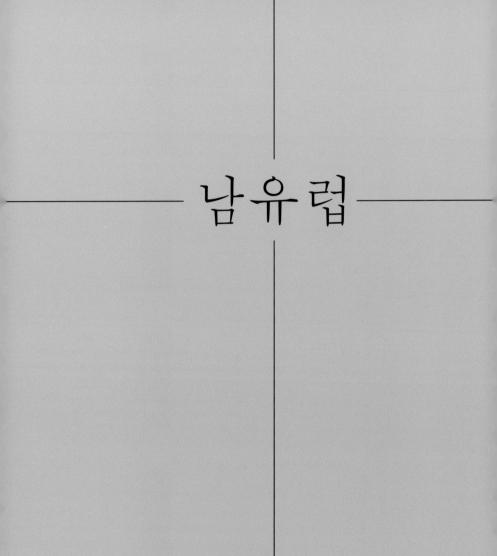

남유럽

이탈리아

1장

로마

Rome

보르게세 공원

처음이 아닌 여행지에서는 확실히 여유로워진다. 처음 방문했을 땐 가 보고 싶은 곳이 많으니 아무래도 쫓기듯 여러 명소를 찾게 된다. 하지만 두 번째만 해도 이전 여행에서 터득한 취향이 생기기 때문에 좀 더 나에게 맞는 효율적인 여행을 할 수 있다. 그래서 로마에서 보낼 수 있는 시간이 길지 않았지만, 처음보단 여유롭게 시간을 보내기로 했다.

구글 지도를 한참 뒤적이다 로마 한편에 자리하고 있는 큰 공원을 찾았다. 더운 시간을 조금이나마 시원하게 보내기 위해 찾아간 보르게세 공원은 기대 이상이었다. 비유하자면 우리나라 올림픽공원 같은 느낌의 공원이었다. 반려견 공원을 포함해서 보르게세 미술관까지 크게 한 바퀴를 천천히 걸었다. 내려다보이는 도시 전경도 공원의 형형색색 가판대도 그날따라 평화롭게 느껴졌다.

공원 산책은 사람들이 일상의 여유를 어떻게 찾는지 관찰해 볼 수 있어 그 나라의 기념품을 모으는 기분이다.

Villa Borghese
00197 Rome, Metropolitan City of Rome Capital,
이탈리아

걷는 걸 멈추고 벤치에 앉아 사람들을 바라봤다. 각자의 방식대로 더위를 식히며 로마의 휴일을 보내고 있었다. 잔디밭에 누워 뜨거운 해를 즐기는 사람들, 분수대에서 물장난 치는 아이들과 흐뭇한 표정의 부모, 열심히 서로 웃음을 나누는 친구들. 평범한 모습인데도 다르게 와닿는 풍경들이 신기했다. 한국에 돌아가서도 여행자의 마음으로 공원을 걸어 봐야겠다고 다짐하며 꽤 오랫동안 지나가는 사람들을 구경했다.

보르게세 공원에서도 가장 전경이 좋은 한 곳을 꼽으라면 주저 없이 핀초 언덕을 추천하고 싶다. 피렌체에 미켈란젤로 언덕이 있다면 로마에는 핀초 언덕이 있었다. 정확한 주소는 'Terrazza Viale del Belvedere'이므로 이 장소로 검색하면 핀초 언덕을 쉽게 찾을 수 있다.

스페인 계단

여행지도 취향에 따른 호불호가 갈린다. 나에게는 인도와 로마가 그런 느낌이다. 사실 로마는 내게 불호에 가까웠다. 시간은 한정적인데 도시가 너무 넓었다. 버스는 제시간에 오는 법이 없고, 소매치기가 많아 항상 눈치 보며 웅크리고 다녀야 했던 곳이었다.

　　그래서 이번에는 로마를 좋아하는 사람들의 시선을 찾아보기로 했다. 첫인상이 불호에 가깝더라도 그 생각을 그대로 두고 싶지 않았다. 내가 놓친 부분이 있을 수도 있고, 첫 방문인 탓에 신경을 곤두세우고 다녔을 수도 있었다. 한 번의 판단으로 그곳의 문화와 사람들을 '별로'라고 낙인찍고 싶지 않았다.

　　해가 지기 전 보르게세 공원에서 메디치 빌라를 지나 스페인 계단으로 이어지는 길목을 한 시간쯤 걸어 보길 추천한다. 어스름한 남색 필터가 골목에 덧씌워지며 하나둘 켜지는 등불과 연분홍색 노을이 돌바닥에 반사되어 빛이 났다. 삼삼오오 무리 지어 골목을 걷는 이들의 볼에도 반사된 분홍빛이 물들어 생기를 더했다. 로마를 사랑하는 이들의 마음을 알 수 있던 곳이었다. 첫 로

Scalinata di Trinità dei Monti
Piazza di Spagna, 00187 Roma RM,
이탈리아

22

마 여행도 나름의 의의가 있었지만, '가 봤다'와 '여행해 봤다' 두 단어가 주는 의미 차이를 곱씹어 볼 수 있었다.

트레비 분수

대부분 '로마' 하면 가장 먼저 이 장면이 그려지지 않을까? 트레비 분수 앞 계단에 앉아 젤라토를 먹는 것. 〈로마의 휴일〉을 떠올리면서 말이다. 사람들이 생각하는 건 국적과 인종을 넘어 다 비슷한가 보다. 하지만 상상 속 풍경을 기대하며 트레비 분수에 방문한다면 실망할지도 모른다. 트레비는 매일 엄청난 인파로 붐빈다. 분수에 던져진 동전 수만큼 사람이 많다고 해도 과언이 아니다. 트레비 분수를 등진 채로 동전을 하나 던지면 다시 로마에 돌아오고, 두 개를 던지면 운명적인 상대를 만날 수 있으며, 세 개를 던지면 그 사람과 결혼할 수 있다는 로맨틱한 이야기가 있다. 많은 사람들이 여행지에서 로맨스를 꿈꾸며 던지는 동전은 한 해에 약 140만 유로(한화 약 17억 원)라고 한다. 이 큰돈이 어디로 샐까 걱정할 필요는 없다. 로마에서는 일정 기간을 두고 분수에 던져진 동전들을 모아 자선사업에 쓴다고 한다.

3년 전, 나는 한 개를 던졌고 다시 올 일이 없겠다던 로마에 다시 돌아왔다. 그때 던진 동전의 힘일까? 남은 동전 두 개는 아껴 두기로 했다.

Fontana di Trevi
Piazza di Trevi, 00187 Roma RM, 이탈리아

콜로세움

콜로세움 역시 트레비분수와 함께 로마의 대표적인 관광지다. 그런데 어째서인지 갈 때마다 보수공사를 진행하고 있었다. 멀리서 봐도 어마어마한 규모의 원형 경기장이 경이롭긴 하지만, 안전 펜스 없이 콜로세움을 본 적이 없어 아쉬움이 남았다.

Colosseo
Piazza del Colosseo, 1,
00184 Roma RM, 이탈리아

바티칸 시국

유럽은 연합이다 보니 국경을 도보로 넘나들 수 있다는 재미가 있다. 로마에서 단 두 발자국이면 국경을 오갈 수 있는 바티칸. 마지막 날 게으름을 잔뜩 부리고선 한 발자국 크게 내디뎌 성역에 들어섰다.

　성 베드로 대성전 위 조각상은 정말 살아 있는 신들처럼 빛을 받으며 나를 내려다보고 있었다. 조각상들을 마주하고 있자니, 번뜩 기억 저편에 묻어 둔 아쉬움이 떠올랐다. '만약 다시 바티칸에 간다면 꼭 쿠폴라를 올라가 볼 것'이라는 다짐을 생각해 냈을 때는 이미 늦은 후였다. 게으름의 대가였으니 어쩔 수 없지. 로마에 다시 들를 이유 하나쯤 이렇게 남겨 둔다.

Città del Vaticano
Piazza San Pietro,
00120 Città del Vaticano, 바티칸 시국

로마에서 더하는 이야기

고대 그리스 로마에서부터 이어진 인본주의는 이탈리아의 교통문화에도 많은 영향을 미쳤다. 이탈리아의 수도인 로마에서조차 횡단보도를 찾아보기가 힘들다. 어디서나 사람이 길을 건너면 차가 먼저 멈추는 모습을 볼 수 있다.

혼자 여행하는 일이 많다 보니, 내 사진을 찍고 싶어도 어려운 경우가
많다. 메디치 빌라 맞은편 계단에 앉아 사진을 찍는다면 '인생샷'을 건
질 수 있으니, 놓치지 말고 한 장 남기길 바란다.

사진으로 설명할 수 없는 재미있는 에피소드들이 있다. 세차를 하려다 수도를 잘못 틀어 흠뻑 젖은 채로 웃던 아저씨들. 한참을 보던 나와 눈이 마주치곤 함께 호탕하게 너털웃음을 터뜨렸다.

모든 길은 로마로 통한다는 말처럼 도시 곳곳에는 다양한 유적들이
즐비하다. 덕분에 로마는 커다란 박물관이라고도 불린다.

이탈리아 남부

Italia Meridionale

평소 MBTI는 J지만 여행에서 P로 변하는 나는, 4년 전 첫 로마 여행에서 아주 용감무쌍한 일정을 소화해 낸 적이 있다. 무식한 자가 용감하다고 지금 돌이켜 보면 몰랐기 때문에 가능했던 일이다. 누구나 계획을 세울 때는 일정을 척척 소화하는 자신의 모습을 상상하니까.

계획을 따라 머릿속으로 여행하며 당연히 해낼 수 있다는 자신감에 차 있었다. 첫 여행이었고 멀리까지 왔으니 다 보고 떠나겠다는 한국인 특유의 부지런함이 가득했다. 그렇게 남부를 당일치기로, 그것도 대중교통을 이용해서 다녀왔던 것이다. 아는 사람은 알겠지만 이탈리아 남부를 투어 없이 당일치기로 다녀온다는 것은 불가능 혹은 정말 미련한 계획에 가깝다. 새벽 5시에 일어나 테르미니역에서 나폴리를 거쳐 포지타노까지. 거의 열 시간에 달하는 이동시간에 반해 여행지를 구경했던 시간은 겨우 두 시간 남짓이었다. 쉽게 비유하자면 서울에서 부산까지 KTX를 타고 가 부산역 앞에서 국밥 한 그릇만 먹고 다시 서울로 돌아가는 정도의 일정이었다. 그래서 이번에는 현명하게 이탈리아 남부 일일 투어를 이용하기로 했다. 대체로 남부 투어는 로마에서 버스로 출발해 폼페이와 아말피 코스트, 포지타노를 거쳐 되돌아온다.

폼페이

폼페이에 도착했을 때까지만 하더라도 들어가지 말고 밖에서 기다릴까 고민을 거듭했다. 폼페이 입장료(약 16유로)면 괜찮은 식사 두어 번은 할 수 있는 비용이었기 때문이다. 폼페이가 어떻게 무너졌는지는 널리 알려진 사실이었고, 이미 로마나 아테네에서 수많은 유적을 보았기에 굳이 폼페이까지 돈을 주고 들어가 볼 필요가 있나 싶었다. 그런데 아는 만큼 보인다고 했던가. 가이드의 설명과 함께 바라본 폼페이는 꽤나 흥미로운 곳이었다. 폼페이는 기원전부터 자리 잡아 베수비오 화산 폭발이 일어나기 전까지, 로마 귀족들의 호화별장이 가득한 지금의 베벌리힐스 같은 곳이었다고 한다. 흔한 돌바닥 위로 (지금으로 치면) 횡단보도와 마차 방지턱이 존재했고, 도로 곳곳에 박혀 있는 흰 돌은 야간도로 주행을 위한 야광등이었다고 한다. 보는 재미가 덜하다면 이야기에 귀 기울여 상상해 보는 것도 좋다.

Pompeii
Piazza Immacolata, 80045 Pompei NA,
이탈리아

Meta Viewpoint
Strada Statale 145 Sorrentina,
95018 Montechiaro NA, 이탈리아

소렌토 전망대

아주 잠깐 버스를 세워 바라볼 수 있었던 소렌토의 모습
은 여전히 아름다웠다. 늘어진 해안절벽 사이로 수영하
는 작은 사람들을 보고 있자니 나도 모르게 시원해지는
기분이었다. 언젠가 여름 이탈리아를 여행할 기회가 있
다면, 소렌토는 꼭 배를 타고 멀리 나가고 싶은 도시다.

포지타노

드디어 도착한 남부 투어의 본 목적지 포지타노. 여행지마다 여행하기 좋은 시기가 있는 이유는 명확하다. 성수기에만 볼 수 있는 풍경들이 있다. 또 그 풍경을 보기 위해 모여드는 사람들 덕에 뷰파인더 속에 많은 이야기가 담긴다.

모래사장에는 바다색 물감에 담갔다 뺀 듯한 파라솔이 즐비하고, 해변가에는 더위를 식히는 사람들이 가득했다. 이 모습을 다시 보고 싶어 다시금 머나먼 이탈리아의 남부 끄트머리까지 왔다. 청량한 색의 해수욕장 바로 옆 깎아 자른 듯한 절벽 위 파스텔 톤 건물들이 이국적이었다. 저기 사는 사람들은 매일 이런 풍경을 보겠지? 가장 예쁘고 큰 집을 하나 골라 오후에 와인 한 잔을 들고 테라스로 나오는 내 모습을 잠시 상상해 봤다. 짠기가 묻어난 바람에 들려오는 웃음소리를 듣고 있자니 마음까지 파스텔 톤으로 물드는 듯했다. 이 아름다운 풍경도 매일 보면 질리려나. 질려도 좋으니 매일 보고 싶을 정도였다. 포지타노가 처음이라면 바닷가를 즐긴 후 언덕을 따라 쭉 올라가 보길 추천한다. 해수욕을 즐기는

사람들 사이로 보는 포지타노도 멋지지만, 위에서 바라
보는 포지타노는 그 어떤 곳보다 이국적이다.

Costiera Amalfitana Positano
Via Positanesi d'America,
84017 Positano SA, 이탈리아

피렌체

Firenze

피렌체는 단테와 메디치 가문을 빼놓고는 이야기할 수 없는 도시다. 산타 마리아 델 피오레 대성당과 함께 피렌체 유적 대부분에는 '메디치 가문' 이야기가 빠지지 않는다. 대부호이며 실세였던 메디치 가문은 피렌체의 르네상스와 예술가들의 든든한 후원자였기 때문이다. 그래서인지 피렌체에서는 메디치 가문의 문장을 쉽게 찾아볼 수 있다.

하지만 그런 거창한 이름들 없이도 이 작은 도시 자체로 매우 알차고 충분히 사랑스럽다. 피렌체의 어원이 '꽃피는 마을'이라는 의미를 가진 '플로렌티아'라는 것부터 낭만이 가득하다.

피렌체 두오모

산타 마리아 델 피오레 대성당

두오모란 돔(dome)과 같은 의미로 이탈리아의 각 도시를 대표하는 성당을 말한다. 그중에서도 나는 피렌체의 두오모인 산타마리아 델 피오레 대성당을 가장 좋아한다. 꽃피는 마을의 성당이니만큼 두오모의 뜻 역시 '꽃의 성모 마리아 성당'이다. 도시 어디를 가도 보이는 웅장한 주황색 지붕은 지금 서 있는 곳이 피렌체임을 끊임없이 일깨워 주곤 한다. 성당 벽에는 흰색과 장미색, 녹색의 대리석 타일이 정교한 패턴을 이루고 있는데 미묘하게 다른 타일의 색이 변주처럼 느껴져 눈이 즐거웠다. 대리석 모자이크는 빛을 받아 투명하게 빛나 화려하고도 우아했다. 대단히 큰 건물이라 보는 방향에 따라 다른 장관을 만들어 내기에 전혀 지루하지 않다.

Cattedrale di Santa Maria del Fiore
Piazza del Duomo, 50122 Firenze FI,
이탈리아

미켈란젤로 광장

피렌체에서 딱 하루만 머물 수 있다면, 저녁엔 주저 없이 미켈란젤로 광장으로 달려갈 것이다. 좋아하는 포르투의 모루정원이 피렌체에서는 미켈란젤로 광장과 같았다. 관광객과 현지인 나눌 것 없이 모두 계단에 앉아 즐기는 버스킹은 사람들의 감성을 한층 더 짙게 만들어 준다. 운 좋게 한 커플의 프러포즈 장면도 볼 수 있었는데, 지켜보던 모든 사람이 환호하며 사랑의 맹세에 행복해했다.

　노을 아래 황금색으로 빛나는 마을에서 축제 같은 기분에 젖어 들며 멀리 흐르는 아르노강을 멍하니 바라봤다. 강을 따라 베키오 다리에 오밀조밀 모여 있는 사람들을 보고 있자면 마치 피렌체라는 도시를 양팔에 다 껴안은 기분이었다. 그야말로 황홀한 저녁이었다.

Piazzale Michelangelo
Piazzale Michelangelo, 50125 Firenze FI,
이탈리아

벨베데레 요새

피렌체의 전경을 눈에 담을 수 있는 곳으로 저녁의 미켈란젤로 광장이 있다면, 한적한 오전 시간을 보낼 곳으로는 벨베데레 요새를 추천한다. 미켈란젤로 광장보다 시내에서 조금 더 멀리 나가야 하지만 그만큼 사람이 적어 걷기에 좋고 더 트인 시야를 즐길 수 있다.

요새를 따라 걷다가 빨간 원피스의 할머니를 이날의 주인공으로 사진에 담았다. 주황빛 피렌체의 전경이 빨간 원피스와 매우 잘 어울려 의도하신 의상인가 생각했다. 여행 갈 짐을 싸며 예쁜 원피스를 꺼내 챙기셨을 모습이 상상되어 미소가 지어졌다. 경쾌하게 흔들리는 빨간 치맛자락에 무심하게 어깨에 멘 가방, 코에 얹은 선글라스. 그 패션의 정점은 할머니의 짧은 은발이었다. 모두가 나이에 상관없이 좋아하는 옷을 마음껏 즐길 수 있으면 좋겠다는 뜬금없는 생각을 안고 요새에서 내려왔다.

Forte di Belvedere
Via di S. Leonardo, 1, 50125 Firenze FI,
이탈리아

친퀘테레

Cinque Terre

친퀘테레는 이탈리아의 대표적인 휴양지 중 한 곳이다. 이름 그대로 다섯 개(친퀘)의 마을(테레)로 이루어져 있으며, 해안절벽을 따라 아름다운 바다와 함께 유네스코 세계 유산으로 지정되어 있다.

피렌체에서 기차를 타고 피사를 거쳐 라스페치아역에 도착한 후, 열차를 타고 마을로 들어갈 수 있다. 아침 일찍 출발한다면 당일치기로도 가능하니 여유가 된다면 추천하고 싶은 피렌체 근교 여행지다. 라스페치아부터 순서대로 리오마조레, 마나롤라, 코르닐리아, 베르나차, 몬테로소가 있으며 마지막 마을인 몬테로소부터 역순으로 들러 보길 추천한다.

몬테로소 알마레

아침 일찍 피렌체에서 출발한 지 세 시간 만에 몬테로소에 도착했다. 라스페치아역에 내려 마을 열차를 탈 때까지만 해도 큰 감흥이 없었는데, 몬테로소역에 도착해 열차의 문이 열리는 순간 나도 모르게 탄성이 터져 나왔다. 따가울 만큼 내리쬐는 태양을 피해 푸른 세상에 툭하고 떨어진 것 같은 기분이었다. 기찻길 옆으로 나 있는 절벽길과 파란 바다에 더위를 까먹을 정도였다. 독특한 색의 동심원들이 그려진 파라솔이 여느 해변들과 다른 독특한 분위기를 만들고 있었다.

두려움 없이 태어난 듯 절벽 위에서 다이빙하는 아이들에게서 자유로움을 느꼈다. 물감을 탄 것처럼 푸른 바다인데도 속이 비쳐 보여 수면 아래 구르는 발들이 반짝이며 움직였다. 여름을 즐기는 사람들을 담으며, 친퀘테레 여행을 시작했다.

Monterosso al Mare
Via Fegina, 11,
19016 Monterosso al Mare SP,
이탈리아

베르나차

절벽과 바다로 이루어진 친퀘테레는 마을에서 마을로 걸어갈 수 있는 해안길이 잘 조성되어 있다. 덕분에 산을 즐기는 이들도 많다. 베르나차는 몬테로소에서 기차로 겨우 몇 분 거리였기에, '가볍게 마을 하나 정도는 걸어가 볼까?'라고 생각했던 것이 이날의 가장 어리석은 결정이었다. 10kg이 넘는 가방을 둘러메고 바닥이 얇은 샌들로 두 시간 정도 걷고 나서야 베르나차가 저 멀리서 은은하게 모습을 드러냈다. 순간의 잘못된 판단에 삼 분이 두 시간으로 늘어나는 기적이었다.

절벽 꼭대기에서 바라본 베르나차는 땀으로 범벅이 된 나에게 보상을 주듯 형형색색으로 빛나고 있었다. 독특하게도 건물이 해변 가까이 있고 바닷물이 호수처럼 보여 아담한 느낌이 났다. 돌담 앞 그늘에 쭈욱 걸터앉은 사람들은 절벽 이곳저곳에서 다이빙과 수영을 즐기는 이들을 구경하고 있었다. 무지갯빛 해변에서 헤엄치는 사람들이 바다에 알알이 박혀 있는 진주 같았던 마을이다.

트레킹 길에서 마주한 노부부는 붉게 익은 살갗으

로 힘든 기색 하나 없이 울타리에 기대 마을을 구경하고 있었다. 다정하고도 에너지 넘치는 그들의 뒷모습을 보며 둘 사이에 흘렀을 가늠하지 못할 시간을 상상해 보았다. 어디서 와서 어떤 여행 중이었을까. 사람들을 담는 일은 상상력이 부족한 나에게 좋은 영감을 준다. 카메라에 담긴 그들의 사진을 보며 다시 마나롤라로 향했다. 물론 이번엔 열차로 말이다.

Vernazza
V. G M Pensa, 5, 19018 Vernazza SP, 이탈리아

마나롤라

베르나차에서 코르닐리아를 거쳐 마나롤라로 가는 열차에 서둘러 몸을 실었다. 높은 곳에 서서 무언가를 부감하는 것은 항상 새로운 영감을 준다. 마나롤라에 도착하자마자 가장 높은 곳으로 향했다.

앞선 마을들과 같으면서도 확연히 다른 색이었다. 찬란한 바다만으로도 눈이 시린데, 유럽의 마을들은 왜 발랄한 색을 가진 집들이 많을까 다닐 때마다 신기했다. 이유야 어찌 됐든 높은 곳에 올라 멀리 보이는 풍경 조각이 경쾌했다.

Manarola
Via Belvedere, 19, 19017 Manarola SP,
이탈리아

리오마조레

열차를 타고 마을을 하나하나 구경하다 보니 하루가 훌쩍 지났다. 리오마조레에 도착했을 땐 해가 지고 있었다. 세 개씩이나 되는 마을을 거쳐서인지 더 이상 새로워 보이는 것이 없던 때였다. 감흥이 없다고 속단한 나를 비웃 듯이 해안 마을에 황금빛이 깔리기 시작했다. 순식간에 달라진 풍경에 내렸던 손을 다시 들어 반짝이는 바다를 연신 찍어 댔다. 담는 것에만 의미를 두어 지루하다며 카메라를 내렸던 내가 어리석게 느껴졌다. 특별하고 새로운 것을 찾아 찍기보다 순간을 만끽하며 어떤 순간에서도 나만의 시선을 찾아보자고 다짐했다.

마음에는 듣고자 하는 귀와 듣지 않고자 하는 두 가지 귀가 있다고 한다. 마음의 눈도 그렇지 않을까? 내가 가진 모든 눈을 떠 여행하고 싶어졌다. 행복한 순간을 보는 눈, 순간의 소중함을 찾아내는 눈, 소외된 사람들을 발견하는 눈, 시간을 두고 유심히 보지 않으면 보이지 않는 것들까지 알아챌 수 있는 눈으로 모두 담아내고 싶었다. 목적이 있는 사진이 아니라 마음으로 눈을 뜨고 이야기를 전할 수 있는 사람이 되고 싶어졌다.

Riomaggiore
19017 Riomaggiore, Province of La Spezia,
이탈리아

베네치아

Venezia

베네치아 거리

여행하다 보면 유독 사람에 집중하게 되는 도시가 있다. 좁디좁은 골목 사이 미로처럼 얽혀 있는 돌바닥길, 인도보다 넓게 펼쳐진 수로 사이로 시원하게 미끄러지듯 다니는 곤돌라까지. 베네치아는 모험의 도시였다. 베네치아는 구석구석 그 특유의 분위기를 느낄 수 있어 구경하는 재미가 있다.

　당시 구글맵은 완성도가 높은 편이 아니었는지 구글맵이 안내하는 대로 길을 따라가다 보면 길이 끊겨 있기 일쑤였다. 무거운 배낭을 업고 헤매면서 고생해 보니 길을 찾는 나름의 요령이 생겼다. 목적지의 방향을 확인한 후, 그곳만 보며 길이 이어져 있는 대로 지그재그 꺾어 다니면 마침내 목적지에 도착할 수 있었다. 그러니 마음에 여유를 갖고 부닥친 벽에 스트레스받지 않길 바란다. 미로 안의 풍경에 집중하며 재미를 찾다 보면 어느새 원하던 풍경을 마주할 수 있다.

　처음 방문했던 때와 비교하면 지금은 구글맵에 길이 꽤 정확하게 표시된다. 지도를 따라 걷기만 하면 되니 전보다 편하지만, 한편으론 소소한 재미를 빼앗긴 것

San Marco, 5541,
30124 Venezia VE,
이탈리아

같아 아쉬운 마음이 들었다. 아쉬움을 달래고자 4년 전과 비슷한 방법으로 도시를 구경했다. 여행을 많이 다니며 경험이 쌓일수록 여행을 즐기는 방법도, 취향도 다양해진다.

이미 여러 번 방문한 여행지를 다시 즐기는 방법에는 여러 가지가 있다. 그중 하나가 사람들을 관찰하는 것이다. 유명한 곳의 멋진 풍경도 좋지만, 사람들의 이야기가 주는 에너지가 있다. 이런 경험은 여행에 여유를 가져야만 할 수 있다. 그늘지고 긴 골목길에서 잠시 더위를 피해 앉아 있던 내게 한 노부부가 보였다. 부인은 함께 걷고 싶었는지 자리에서 일어나려 애썼고, 남편은 그런 배우자를 위해 기꺼이 노쇠한 팔을 지팡이처럼 내주었다. 사랑과 결혼, 동반자를 글이나 말로 표현하기엔 너무 어렵고도 길다. 그럼에도 누군가 내게 그런 질문을 한다면 이 사진 한 장을 내주기로 한다.

리알토 다리

베네치아를 걷다 보면 한 번은 꼭 리알토 다리를 지나치게 된다. 뭔가 독특하거나 크게 특별한 점이 있는 것은 아니지만, '베네치아' 하면 떠오르는 랜드마크이자 가장 오래된 다리이다. 모여든 사람들로 인해 한강에서 상징적인 곳이 된 서울의 반포대교처럼 리알토 다리도 그런 힘이 있다. 데이트를 즐기는 연인들, 관광객들, 산책하는 사람들이 반포대교 자체에 다리 이상의 의미를 준다. 리알토 또한 베네치아의 모든 풍경을 내려다볼 수 있는 전망대이며 수많은 이야기를 들을 수 있는 관람석 같다. 다리 아래로 지나다니는 유람선에서 손을 흔드는 사람들과 들뜬 웃음, 양쪽으로 늘어선 따뜻한 색의 민가와 줄무늬 티를 입은 사공들이 모는 곤돌라가 있기 때문일 것이다. 낮과 밤을 가리지 않고 리알토 다리에는 사람과 사랑이 넘쳐났다.

Ponte di Rialto
Ponte di Rialto, 5325, 30124 Venezia VE,
이탈리아

Piazza San Marco
P.za San Marco, 1,
30124 Venezia VE, 이탈리아

산마르코 광장/산마르코 종탑

산마르코 광장에서는 항상 야외에 앉아 커피를 마시거나 그늘에서 휴식을 취하곤 했다. 한곳에 앉아 가장 많은 이야기를 들을 수 있는 장소다. 황금 날개의 천사들이 내려다보는 마르코 광장 한가운데선 모두 아이가 된 것처럼 웃고 떠들며 즐거워했다. 아버지의 말을 유난히 듣지 않는 작은 남매도, 머나먼 곳에서 성지순례를 온 것 같은 수녀들도, 지긋한 나이의 노부부도 나에겐 카페에 앉아서 읽는 책과 같았다.

광장 오른편에 우뚝 솟은 산마르코 종탑은 애정하는 이탈리아의 전망대다. 피렌체나 로마에 있는 전망대에 비해 줄도 적고, 엘리베이터를 타고 어렵지 않게 올라갈 수 있다. 단돈 몇 유로면 금세 수상도시의 꼭대기에 올라설 수 있다. 자글자글하게 붙어 선 벽돌색의 작은 지붕들이 마치 소인국의 걸리버가 된 기분을 느끼게 한다. 바다의 푸른색과 주황색의 색 대비에 눈이 시원했다. 골목 사이로 밀려들었다 빠지는 작은 사람들을 보고 있으면 도시를 건설하는 타이쿤 게임 화면을 지켜보는 것 같기도 했다. 이국적인 풍경을 탁 트인 곳에서 한눈

에 볼 수 있다는 이런 점들이 사람들로 하여금 높이 있
는 전망대를 오르게 만드는 것이 아닐까.

토스카나

Toscana

끝없이 펼쳐진 초록 들판 사이로 사이프러스 나무가 가득한 노트북 배경화면 같은 곳. 토스카나는 유럽 여행에 관심이 있다면 한 번쯤 들어 봤을 여행지다. 토스카나를 어떻게 여행할까 고민하던 우리는 무난하게 피렌체에서 렌터카를 빌렸다. 가는 도중 비가 그칠 기미 없이 퍼부어 시에나에 들러 하루를 보냈고, 비가 잦아들자마자 토스카나의 거점도시인 산퀴리코 도르차로 향했다.

토스카나는 넓은 평원 곳곳에 작은 거점도시들이 있어 차 없이 여행하기에는 적합하지 않다. 비포장도로가 대부분이고 군데군데 언덕이 있기 때문에 운전도 쉬운 편이 아니다. 게다가 내가 토스카나에 갔을 때는 비가 내려 진흙길이 된 탓에 운전하기가 더 어려웠다. 한참 가는데 운전하던 일행이 느낌이 이상하다며 불안한 표정을 지었다. 나름대로 진흙길을 대비해 중형 SUV를 대여했기 때문에 안심하고 있던 것이 화근이었다. 모두 뭔가 잘못되었다고 느꼈을 땐 이미 바퀴 두 개가 진흙에 빠진 후였다. 누나 한 명과 나를 포함한 남자 둘. 토스카나 시골 동네 한가운데서 견인차를 불러 위치를 설명할 자신도 없었고, 불러도 언제 올지 알 수 없는 상황이었다. 그래서 어떻게든 차를 진창에서 빼내려고 모든 힘을 쏟아부었다. 누나는 운전대를 잡고 나와 친구가 있는 힘껏 차를 밀었다. 바퀴 아래로 눈에 보이는 것들을 닥치는 대로 밀어 넣으며 밀다 지치길 몇 번째, 신발과 바지가 진흙투성이가 되고 나서야 우린 그곳에서 빠져나올 수 있었다. 장장 세 시간 만이었다. 차가 운전 가능한 땅에 오르자마자 셋 다 욕지거리를 내뱉으며 신나게 뛰어오른 영상이 남아 있는데, 아직도 가장 기억에 남는 기록 중 하나다.

비가 살짝 그치고 마음에 여유를 찾고 나니 그제야 토스카나의 평원이 눈에 들어오기 시작했다. 말로만 듣던 그 토스카나에 도착했다는 기쁨과 무사히 차를 구해냈다는 안도감이 복잡하게 어우러져 기분이 오묘했다. 기념사진을 한 장 남기고 싶어 그나마 차림새가 멀쩡했던 누나에게 길가에 버려진 꽃을 쥐어 주곤 시원해진 기분만큼 뛰어 달라고 부탁했다. 이 사진이 우리 여행의 시작이었다.

산퀴리코 도르차

마을에서 조금만 걸어 나와도 볼 수 있는 풍경이 이 정도다. 해가 뜨기 전, 숙소 앞으로 나가니 어딜 가나 사진 찍는 사람들은 다 똑같구나 싶었다. 일렬로 늘어선 삼각대들 사이에서 야트막한 언덕 위로 해가 떠오르길 기다렸다. 토스카나에서 처음 맞이하는 아침은 가히 낭만적이었다.

　토스카나 여행을 계획하면서 꼭 보고 싶었던 장면이 있었다. 2년 전쯤 토스카나에 다녀온 친구의 은하수 사진을 보고선 '이것만 보고 와도 성공한 여행이겠다'고 생각했을 정도였다. 산퀴리코 도르차 마을 인근에 자리하고 있는 사이프러스 군락이 그 주인공이다. 사진가들 사이에서는 이미 꽤 유명한 장소다. 잔디가 막 돋아나 완전히 푸르러지기엔 이른 계절이었지만, 충분히 초록 내음이 가득한 모습이었다. 어떤 방향에서 바라봐야 내가 원하는 그림을 볼 수 있을지 한참을 뛰어다니고 나서야 만족스럽게 돌아 나올 수 있었다.

토스카나에서 머물던 닷새 내내 맑은 저녁이 단 하루도

없었다. 산퀴리코 도르차의 유일한 버킷리스트를 완벽하게 이루진 못한 셈이다. 여행이란 게 참 그렇다. 내가 원하는 대로 흘러가는 법이 없고, 계획이 틀어져 힘들다가도 우연한 장면에 위로받고 다시 힘이 난다. 너른 마음으로 생각해야지. 내가 있는 곳이 흐렸기에 반대로 저편의 누군가가 버킷리스트를 이뤘을 거라고. 다음엔 내 차례가 올 거라고 위안 삼으며 다음 거점도시로 향했다.

Cipressi di San Quirico d'Orcia
D'orcia, San Quirico d'Orcia SI,
이탈리아

아그리투리스모 바꼴레뇨

토스카나를 여행하는 사람들에게 가장 유명한 곳이 어디냐고 물어본다면, '아그리투리스모 바꼴레뇨'를 말할 것이다. 아그리투리스모는 '농가 민박'이란 뜻이다. 과거 농장이었던 집을 고쳐서 이용하고 있는 토스카나의 독특한 숙소다. 숙소로 가는 길은 넓은 초원 사이에 난 구불구불한 길인데, 양옆으로 길쭉길쭉하게 뻗어 있는 사이프러스 나무까지 완벽한 풍경을 자랑한다.

해 질 녘이면 매일같이 이곳을 찾았다. 날씨 운이 계속 따라 주지 않아 원하던 사진은 포기해야 하나 싶던 나흘째, 두꺼운 구름 사이로 아주 잠깐 볕이 나고 졌다.

사람 마음이 참 간사하다. 좋은 날씨에는 하루쯤 쉬어도 되지 않을까 나태해지면서, 흐릴 때 잠깐 비춰 준 햇빛에는 감사하기까지 하며 기분이 좋아지는 걸 보면 말이다. 무엇이든 당연히 여기지 않고 매사에 감사함을 잊지 말아야 하는데 알면서도 쉽지가 않다.

코로나 이후 첫 장기 여행이었기에 출발 전에는 떠날 수 있다는 것 자체에 진심으로 감사했다. 여행을 떠나고 시간이 흐를수록 중화되어 가는 감사함을 잃지 않

Agriturismo Baccoleno
Crete Senesi vista, 53041, Asciano SI,
이탈리아

으려고 노력해야 했다. 우리끼리 우스갯소리로, 맑은 날
게으름 피우면 머리를 깨야 한다고 서로 덕담해 줄 정도
로 당연함을 경계하며 여행했다. 다시 돌아봐도 행복하
고 감사한 나날이었다.

아그리투리스모 포지오 코빌리

영화 〈글래디에이터〉에서 '막시무스'의 집으로 알려진 곳이지만, 사실 막시무스의 집은 여기서 조금 떨어진 다른 곳에 있다. 이곳의 정확한 명칭은 아그리투리스모 포지오 코빌리로 역시나 투숙객을 받는 농가 민박집이다. 투숙객 외에 다른 관광객들은 진입하지 못하도록 쇠사슬이 쳐져 있지만 멀리서 촬영하는 것 정도는 문제가 되지 않는다. 이 장소에는 한 가지 비밀이 있는데, 다녀온 사람이라면 한눈에 알아볼 수 있을 것이다.

Agriturismo Poggio Covili
Via Cassia, Snc, 53023 Castiglione d'Orcia SI,
이탈리아

몬테풀치아노

토스카나의 다양한 거점도시 중 몬테풀치아노는 조금 다른 색이라 인상 깊었다. 과거에는 대체로 영주들이 다스렸기 때문에 넓은 평원에 우뚝 선 성채가 남아 있는 도시가 많다. 성문을 통해 들어가면 다른 도시에 와 있는 듯한 느낌이 든다. 들어가서는 골목을 다니며 구경하는 소소한 재미와 토스카나 소도시에 방문할 때마다 놓칠 수 없는 와인이 있다. 세계적으로 유명한 이탈리아 와인 중에서도 토스카나 같은 소도시에서 내수용으로 만들어지는 와인들은 양이 적어 그 지역 안에서만 판매된다. 저렴한 가격에 좋은 와인을 먹을 수 있는 셈이다. 몬테풀치아노를 비롯한 토스카나의 소도시에 간다면 꼭 와인 몇 병쯤 배에 담아 가거나 구매해 가길 추천한다.

Montepulciano
Via di S. Biagio, 20, 53045 San Biagio SI,
이탈리아

루치오라벨라

루치오라벨라는 아름다운 반딧불이란 뜻이다. 비록 산
퀴리코 도르차의 은하수를 보진 못했지만, 토스카나에
서 가장 기억에 남는 풍경을 고르라면 주저 없이 루치오
라벨라를 말하고 싶다. 한참을 달려 도착한 루치오라벨
라에서는 모든 것이 자연스러웠다. 작위적이거나 과하지
않은 풍경이 마음에 들었다. 나만의 사진을 남기고 싶단
생각에 평원 가운데 큼지막한 돌을 두어 보는 등 여러
차례 고심했다. 그러다가 토스카나의 시작과 마무리를
일관성 있게 남기기로 했다. 처음 토스카나에 도착해서
진흙탕 사건을 겪고 찍었던 사진처럼, 대신 이번엔 아쉽
고 서운한 마음은 모두 날려 버리듯 힘껏 뛰어 달라고
일행에게 부탁했다. 있는 힘껏 모자를 하늘로 던지고 뛰
놀며 그렇게 토스카나를 마무리했다.

　'여행을 떠난다'는 생각만으로도 우리는 설렘을 느
낀다. 일상을 벗어나 새로운 풍경들로 가득 찬 낯선 장
소가 우리에게 걸어 주는 마법이 이 행위를 더욱 특별하
게 만든다. 시작 뒤엔 반드시 끝이 따라오지만, 떠나기
전 설렘부터 여행이 끝난 후 여운까지 모두 즐길 수 있

는 게 여행의 묘미 아닐까. 아쉬워 말자. 끝 다음에는 항상 또 다른 시작이 있다는 것을!

Riserva naturale Lucciola Bella
이탈리아 53026, Province of Siena,
피엔차

돌로미티

Dolomiti

알프스는 중부에 있는 산맥으로 동쪽의 오스트리아에서 이탈리아, 스위스, 리히텐슈타인, 독일을 거쳐 프랑스까지 약 1,000km로 길게 자리 잡고 있다. 여러 나라의 국경을 가로지르는 만큼 각지에서 보는 알프스의 풍경이 다르다. 알프스산맥의 풍경을 이야기할 때 빠지지 않는 두 나라가 있는데 바로 스위스와 이탈리아다. 부드러운 알프스의 아름다움을 느끼고 싶다면 스위스를, 거칠고 강한 모습을 보고 싶다면 이탈리아의 돌로미티를 추천한다. 유네스코 세계 유산으로도 지정된 돌로미티는 이탈리아 북동부에 위치해 있다.

트레치메

'세 개의 봉우리'라는 뜻의 트레치메는 두 번째 방문이었
다. 8월 트레치메의 높은 돌산을 한 시간쯤 걸어 넘었다.
앞을 막은 장벽처럼 느껴지던 돌산을 넘자 로카텔리 산
장과 푸른빛 피아니 호수가 한 시간을 찰나로 느끼게 해
주었다. 우직하게 솟아 있는 트레치메 옆이라 아담한 웅
덩이처럼 보이는 호수를 보자 왠지 모르게 마음이 편안
해졌다.

　　첫 돌로미티 여행을 함께했던 일행은 큰 덩치와 어
울리지 않게 긴 속눈썹이 예쁜 친구였다. 속눈썹 못지않
게 섬세한 성격을 가진 그는 남을 곧잘 배려했는데, 그
런 친구가 다른 곳은 몰라도 트레치메는 꼭 가야겠다고
고집을 부려 겨울 산행에 도전했던 적이 있다. 그렇게
처음 마주한 3월의 트레치메는 간절한 친구의 마음에 어
떤 배려심도 보여 주지 않았다. 발목을 덮는 눈을 헤치
며 한 시간을 넘게 걸었지만, 우리는 결국 돌산을 넘지
못했었다.

평안해진 마음으로 피아니 호수 옆에 자리를 펴고 누

위 있으니 축 처져 걷던 친구의 어깨가 눈에 아른거렸
다. 왜 친구가 그토록 아쉬워했는지 알 것 같았다. 커다
란 구름 그늘 아래 눈 감고 누워 있는 소들과 호수 사이
를 거니는 사람들을 보고 있자니 얼굴에 절로 미소가 지
어졌다. 그렇게 트레치메에서 한나절을 보냈다. 이탈리
아에 도착하고 처음으로 취한 휴식다운 휴식이었다.

8월의 트레치메는 첫 만남과는 다르게 막힌 곳 없
이 너른 자비를 베풀어 주었다. '광활'은 물리적인 뜻 이
외에 자유와 평안의 뜻도 내포하고 있다. 광활한 트레치
메에서 나는 완전한 구원을 느꼈다. 행복이란 노력해서
성취해야 하는 거창한 감정이 아니다. 우리 마음의 틈새
에 상시 스며 있다가 이런 순간들에 자연스레 입가로 타
고 오른다.

Tre Cime di Lavaredo
32041 Auronzo di Cadore,
Province of Belluno, 이탈리아

미주리나 호수

'와, 이렇게 예쁜 곳이었구나?' 겨울에 찾은 미주리나 호수는 하얀 도화지 같았다. 호수 뒤로 유채꽃이 핀 것만 같은 노란 건물이 정말 매력적이었다. 다시 만난 미주리나 호수는 '너를 위해 준비했다'는 듯 호수 전체가 다채로운 색으로 치장한 채 내 앞에 있었다. 물 끝에 손가락을 살짝 갖다 대자, 잔잔하게 일렁이는 구름이 살아 있는 수채화 같았다.

여유가 있다면 미주리나 호수를 한 바퀴 산책해 보기를 추천한다. 해가 지기 전 굴뚝에서 피어오르는 저녁을 준비하는 내음을 맡으며 동네 아이들이 뛰어노는 숲길을 따라 걷다 보면 낯선 곳에서 향수를 느낄 수 있다. 여행자의 시간이 그곳에서 살아가는 이들의 일상과 교차하는 순간이다.

Lago di Misurina
32041 Auronzo di Cadore,
벨루노 이탈리아

친퀘토리

친퀘토리는 앞으로는 파소 팔자레고를, 뒤쪽으로는 파소 지아우를 두고 있다. 팔자레고에서 리프트를 타고 해발고도 2,000m가 넘는 친퀘토리로 올라갔다. 리프트에 앉아 두 발을 공중에 띄운 채로 작은 사람들이 산을 오르고 있는 모습을 보고 있으니, 느리게 흘러가는 구름이 된 것 같았다.

다섯 개의 봉우리라는 이름을 가진 친퀘토리에 빛이 내리는 순간들은 황홀했다. 구름 그림자들이 봉우리 위를 들어가고 나가며, 순간순간 사이로 비쳐 내리는 빛줄기와 파란 하늘 조각들이 어우러지는 장면들에 경건함마저 느껴졌다.

다들 멍하니 평화로운 친퀘토리에 빠져 있던 중, 일행 중 한 명이 분위기를 환기시킬 겸 당시 유행하던 영상을 같이 촬영해 보자고 제안했다. 평소였다면 절대 찍지 않았을 영상이었는데, 또 언제 해 볼까 싶어 주섬주섬 카메라를 챙겼다. 넷이 일렬로 서서 각자 카메라를 배꼽 아래 가져다 들고 왼쪽에서 오른쪽으로 힘껏 휘둘렀다. 영화 〈내부자들〉에 나와 화제가 되었던 배우의 한

Cinque Torri
32043 Cortina d'Ampezzo,
Province of Belluno, 이탈리아

장면을 따라 하는 영상이었다. 세 번 정도 NG를 외칠 때쯤, 지나가던 외국인들이 우리에게 호기심을 갖기 시작했다. 두어 번 더 찍고 나자, 우리가 뭘 하는지 알았다는 듯이 함께 떠들고 웃으며 촬영을 구경하기 시작했다. 뻘쭘하게 돌아봤다가 일행들과 눈이 마주치며 약속한 듯이 웃음이 터져 버렸다. 우리는 그 시선을 즐기기로 했다. 우리가 그들의 여행기에 작은 즐거움으로 보탬이 됐다면 그것만으로도 의미 있는 시간이지 않았을까.

파소 지아우

기아우패스

파소 지아우를 한마디로 표현하자면 가장 가성비가 좋은 돌로미티 여행지다. 편하게 돌로미티를 보고 싶다면 파소 지아우를 추천한다. 차를 타고 이십여 분 구불구불한 도로를 따라 올라가면, 한껏 위용을 떨치고 있는 돌봉우리들을 만날 수 있다.

겨울에 만났던 파소 지아우는 고요했지만 외로워 보였다. 오두막은 허리까지 눈이 쌓여 뾰족한 지붕만 빼꼼 솟아 뒤로 보이는 봉우리와 닮아 있었다. 발자국 하나 없이 높게 쌓인 눈밭에 들리는 바람 소리가 황량했다. 다시 찾은 파소 지아우의 여름은 하얗게 시렸던 들판에 초록빛 생기가 내려앉아 다양한 이야기로 가득 찬 동화책 같았다. 아무도 없던 겨울과 달리 파소 지아우를 찾은 사람들이 저마다의 방식으로 페이지를 채워 가고 있었다. 마법에서 풀려난 것처럼 제 모습을 되찾은 오두막은 모두의 쉼터가 되었다. 우리도 그 사이에서 돗자리를 펴고 즉석 짜장밥과 김치볶음밥을 꺼내 먹었다. 샌드위치와 피자를 먹는 사람들 사이에서 조금은 특별한 페이지를 쓴 것 같아 괜스레 우쭐한 마음이 들었다.

Passo di Giau
32046 San Vito di Cadore,
벨루노 이탈리아

소라피스

이곳은 한국인들에게 아직 잘 알려지지 않은 숨은 명소다. 이번 돌로미티 여행을 계획하면서 일행이 가장 큰 기대감을 품었던 장소였다. 일행은 이전에 가족과 함께 돌로미티 여행을 왔을 때 어머니의 건강을 고려하여 소라피스에 방문하지 못했다고 했다. 그만큼 험난해 돌로미티 트레킹 코스 중 가장 난이도가 높다고 경고했다. 여름 여행은 샌들 한 켤레만 있으면 된다고 고집하던 나도 소라피스 트레킹에는 운동화를 신기로 했다. 10유로 남짓한 싸구려 운동화였음에도 트레킹 내내 운동화를 신길 잘했다고 여러 번 속으로 되뇌었다.

숨을 헐떡이며 좁고 가파른 절벽길을 지나 마지막 표지판을 발견했을 때, 푸른 물빛이 눈에 들어오며 모든 피로가 날아가는 듯했다. 호수 전경은 마치 숲 가운데 밀키스를 담아 둔 것처럼 보였다. 그 안에 갇힌 하얀 구름까지, 소라피스 호수를 바라보는 내내 시원하게 한 모금하고 싶은 충동이 들었다.

Lago di Sorapis
Unnamed Road, 32043,
Cortina d'Ampezzo BL,
이탈리아

그리고 그날의 가장 중요한 이벤트를 진행했다. 소라피스로 트레킹을 갔던 날은 8월 15일, 대한민국의 광복절이었다. 크게 한숨 들이쉬고 호수 중앙부에 우뚝 솟은 바위에 올라가 창의를 입은 채로 태극기를 펼쳤다. 태극기를 알아본 듯한 몇몇 사람들과 우리를 신기하게 보며 사진을 찍는 사람들에게 짧은 영어로 "투데이 이즈 인디펜던트 데이 인 코리아!"라고 말해 주었다. 사진을 찍던 남성이 우리를 보며 엄지를 척 치켜들었는데, 마음 깊은 곳에서 무언가 울컥 올라오는 것 같았다. 한동안 우리는 말없이 호수를 바라보고 서 있었다. 아마 다들 같은 마음이었으리라.

Lago di Braies
39030 Prags,
Autonomous Province of Bolzano – South Tyrol,
이탈리아

브라이에스 호수

프라그세르

돌로미티 호수를 검색해 보면 브라이에스 호수가 가장 먼저 나온다. 그만큼 접근성이 좋고 아름다워 많은 사람이 좋아하는 호수다. 신기하게도 브라이에스는 겨울에 호수가 없다. 겨울엔 황량하게 메마른 흙바닥이 넓게 펼쳐져 있었고 조각배가 덩그러니 놓여 있어 외로워 보였다. 선착장으로 보이는 건물 역시 앙상하게 드러난 나무 기둥 위에 퍼석한 모양새로 놓여 있었다.

겨울이 지나고 찾은 브라이에스 호수는 에메랄드빛 물이 꽉 들어차 주홍빛 조각배들이 넘실거리는 호수 위로 춤을 추고 있었다. 호수 입구에 도착하자마자 일행들에게 "나는 정말 이 장면을 보고 싶었어!"라고 외쳤다. 꿈꾸던 광경이었다. 조각배에 올라탄 사람들이 이야기를 주고받으며 가까워졌다 멀어지는 그 풍경이 너무나도 보고 싶었다.

비현실적으로 느껴질 정도로 아름다운 물빛이었다. 브라이에스 호수에 들른다면 그 위로 얹어진 다양한 초록들을 꼭 감상해 보아야 한다. 찾는 이들을 맞이하기 위해 겨울을 녹이고 생명력을 가득 머금다 못해 응축해 놓은 듯한 푸름이었다. 조각배에 올라 생기의 무대에 동참하여 춤춰 보길 바란다.

세체다

세체다는 웅장하다는 단어로 설명할 수 있다. 돌로미티의 진면목을 아주 가까이서 감상할 수 있는 곳이다. 두 번씩 찾았던 돌로미티의 명소 중, 유일하게 여름보다 겨울에 봤던 봉우리가 더 인상적이었던 곳이기도 하다. 돌로미티의 강인한 모습을 가장 극적으로 만나고자 한다면 겨울의 세체다를 찾으라고 말하겠다. 고요하지만 압도적인 웅장함이 다른 봉우리들과는 전혀 다르게 다가온다.

반대로 봉우리를 비스듬히 잘라 내어 초록빛을 얇게 펴 발라 놓은 세체다의 여름에는 아주 짧은 시기에만 볼 수 있는 보랏빛 야생화 군락이 있다. 항시 볼 수 있는 풍경이 아니라고 하니 더 기억에 남았다. 안락의자에 앉듯 돗자리를 펴고 경사에 자연스레 기대 누워 있는 다른 사람들처럼 우리도 온몸으로 여름날을 만끽했다. 이제 이틀 남은 돌로미티의 일정을 생각해 보니 가야 할 곳보다 다녀온 곳이 많아졌음을 깨달았다. 여름, 겨울 두 계절 모두 가 본 곳이 적지 않았음에도 혹시 모를 아쉬움이 남지 않도록 우리는 한참을 웃고 떠들고 이야기했다.

고양된 대화에서 세체다가 우리의 조급한 마음을 눈치
채지 않기를 바랄 뿐이었다.

Seceda
Strada Mastle, 63,
21085 Santa Cristina Valgardena BZ, 이탈리아

알페 디 시우시

고도가 높고 길게 위치한 알프스다 보니 날씨가 매일 변화무쌍하다. 그런 변덕스러운 날씨와 관계없이 알페 디 시우시는 걷기 좋은 곳이었다. 눈이 쌓인 겨울에 찾았을 때도 유일하게 걸어 볼 만한 트레킹 코스였다. 여름이 온 숲길은 다른 느낌으로 좋은 코스였다. 조용했고, 편안했고, 바람 없이 따스하며 안온했다.

어쩌다 보니 여행 같은 삶을 살게 되었고, 상대적으로 낯선 땅에 머무르는 시간이 많아졌다. 부모님의 기회까지 내가 끌어 쓰지 않았나 싶을 정도로 말이다. 상상하던 바를 이루려고 열심히 노력한 것도 있었지만, 운 좋게 찾아온 기회들도 분명 있었다. 기회를 헛되이 흘려보내지 않은 자신이 대견하다가도 불안한 마음이 울컥 차오를 때가 있다. 적어도 알페 디 시우시에서 보낸 시간만큼은 온전히 감사함을 느끼며 고요한 들판을 따라 천천히 걸을 수 있었다.

아이들과 강아지, 가족들과 평화롭게 즐기는 이들을 바라보며 걷다 보니 나도 가족 생각이 절로 짙어졌다.

부모님은 아직 여권이 없다. 제주도로 신혼여행을 다녀오신 후 한 번도 비행기를 타 보지 못한 엄마와 함께 돌로미티에 오게 된다면 알페 디 시우시가 좋겠다고 생각했다. 환하게 웃으며 눈을 반짝이실 엄마가 그려졌다. 평소 표현도 못 하는 무뚝뚝한 아들이지만 마음속엔 항상 자리하고 있다. 나의 당신에게도 내가 느낀 안온함을 전달할 수 있는 그런 날이 오기를 진심으로 소원한다.

Alpe di Siusi
Alpe di Siusi, 39048, Selva di Val Gardena BZ,
이탈리아

카레짜 호수

카레짜 호수를 본 날은 유일하게 흐린 날이었다. 하지만 흐린 것조차 우리는 운이 좋았다고 할 수 있었다. 산장에서 머무는 동안, 매일 저녁마다 번개와 함께 폭우가 쏟아졌고 아침에 일어나면 언제 그랬냐는 듯이 개어 있길 반복했다. 그러니 하루 흐린 것 정도에는 충분히 감사하며 다닐 수 있었다.

카레짜는 발데가 상류에 위치하고 있다. 차를 타고 도착해서 가볍게 삼십 분 정도 트레킹할 수 있는 산책길을 따라 천천히 걸었다. 우리가 걷는 속도에 맞춰 함께 거닐 듯 잿빛 구름도 부드럽게 흘렀는데, 하늘이 흐렸음에도 기분이 나쁘지 않았다.

짙은 구름 사이로 비치는 빛이 더 반갑고 귀하듯, 흐린 날씨에도 빛나는 시선을 찾아보려 애썼다. 그러자 눈에 들어온 가족이 있었다. 흐린 날씨와 무관하게 맑게 웃는 아이와 그 모습을 빠짐없이 담으려는 부부였다. 궂은날에도 어디에나 행복은 존재했다.

Lago di Carezza
39056 Welschnofen,
볼차노 이탈리아

산타 막달레나

돌로미티의 마지막 일정이었던 산타 막달레나. 이곳 역시 여름과 겨울 두 계절의 모습이 모두 마음에 들었던 곳이다. 설산 아래로 보이는 교회와 소담한 마을이 변함없이 정겨웠다. 마을에는 목장이 있었는데 소와 말, 닭, 오리, 염소까지 당장이라도 '브레멘 음악대'가 합주를 시작할 것만 같은 곳이었다. 마을에 난 길을 따라 띄엄띄엄 위치한 집들과 여러 동물을 지나쳐 산길을 천천히 올라갔다. 집 앞에 나와 햇볕을 쬐던 할아버지와 눈이 마주쳤는데, 밝게 웃으며 손을 크게 흔들어 주셨다. 산타 막달레나는 그런 곳이었다.

사방으로 넓게 펼쳐진 들판과 저 멀리 함께 보이는 희끗희끗한 알프스산맥은 여전히 같은 자리에서 우리를 맞아 주었다. 이탈리아 여행을 하면서 두 곳에서 은하수를 꼭 보고 싶었다. 하나는 토스카나의 산퀴리코 도르차이고 다른 한 곳이 돌로미티의 산타 막달레나였다.

해가 지고 산자락에 불빛 하나 없이 어둠이 깔릴 무렵 다시 찾은 산타 막달레나는 내 손조차 보이지 않을 정도로, 정말이지 아무것도 보이지 않았다. 심지어 오르

Santa Magdalena
S. Maddalena, 481, 39040 Funes BZ,
이탈리아

는 도중 길을 잘못 들어 누군가의 집 마당으로 들어갔다. 집주인이 우릴 도둑으로 오해했는지 내지른 괴성에 놀라 뛰쳐나오기도 했다. 이탈리아 경찰서를 견학하고 싶은 것이 아니라면, 밤에는 헤드 랜턴과 함께 안전한 큰길로 다니는 것을 추천한다.

어렵사리 도착한 목적지에서 이탈리아 은하수 촬영이라는 작은 버킷리스트 하나를 이뤘다. 알프스산맥 뒤로 은하수가 흐르는 사진을 찍고 싶었지만, 한참을 헤매느라 계획했던 시간이 지나 상상했던 풍경은 놓쳤다. 아쉬움이 전혀 없다면 거짓이겠다. 다만 멀리 이탈리아에서 산자락을 타고 은하수를 담아내려 시도하고 해낸 것만으로도 만족스러웠다. 과정이 주는 가치를 다시금 배운 밤이었다.

시르미오네

돌로미티에서 다시 베네치아로 돌아오던 길에 베로나로 향하기로 했다. 《로미오와 줄리엣》의 배경이 되었던 곳으로, 이탈리아의 아름다운 소도시라는 명성에 걸맞게 동화 같은 풍경이 있었지만 우리는 그곳에서 하루도 묵을 수 없었다. 숙박비가 우리 예산을 아득히 뛰어넘었기 때문이다. 그냥 돌아가기엔 아쉬워 열심히 검색해 '시르미오네'라는 작은 소도시를 찾아냈다. 가르다호를 따라 유럽인들이 휴양지로 많이 찾는다는 이야기에 하루 정도 둘러보면 좋겠다고 생각했다.

여행 시작 이래 처음으로 위기가 찾아왔다. 시르미오네 구시가지로 들어가는 길은 아주 길고 좁아서 마을 초입에 주차한 후, 버스를 타고 들어가야 했다. 그런데 입구에 도착해서 주차할 자리를 찾는 데만 꼬박 두 시간이 걸렸다. 초행길에선 예민해지는 불같은 내 성격을 잘 받아 주던 일행도 어쩔 도리 없는 두 시간에 점점 말수가 적어졌고, 시내에 들어갈 때쯤 우리 사이엔 아무런 말소리도 없는 침묵만 흐르게 되었다. 그렇게 서로 어느 정

Sirmione
Piazzale Orti Manara, 4, 25019 Sirmione BS,
이탈리아

도 거리를 두고 천천히 구시가지를 둘러보았다. 시르미오네는 이탈리아와 그리스 두 나라 사이 어디쯤 위치한 듯한 도시였다. 앞으로는 바다가 있었고 맞닿은 곳의 고대 로마 유적이 그런 분위기를 만들어 냈다. 호수 위 보트들이 시원한 레몬 스무디 같은 건물 앞을 청량하게 가르며 다녔다. 베로나의 줄리엣과 다르게 시르미오네의 줄리엣은 갈래머리를 하고 테라스를 열어젖히며 발랄하게 로미오를 부를 것 같았다.

몇 시간 도시를 둘러보고 숙소로 향한 우리는 또 한 번의 황당한 사건을 경험했다. 예약한 숙소가 캠핑카였던 것이었다. 시르미오네도 물가가 싼 편이 아니라 괜찮은 숙소를 한참 찾았는데, 모두가 피곤했던 탓에 제대로 확인하지 못한 것이다. 캠핑카를 본 순간 오히려 헛웃음이 터지면서 어색했던 침묵이 자연스레 녹아 사라졌다. 뭐 어쩌겠는가, 즐겨야지. 모든 게 생각대로 풀릴 순 없으니까. 해가 지는 가르다호 앞을 같이 산책하며 낮에 나누지 못한 이야기를 쏟아내듯 몰아 나눴다.

숙소 안은 생각보다 아늑했지만, 온풍기가 제대로 작동하지 않아 이불을 꽁꽁 싸매고 겨우 잠을 청했다. 아침에 체크아웃을 위해 찾아온 숙소 매니저에게 온풍기 상태를 말했더니, 시동을 켜며 십 분 예열하면 된다고 알려 주었다. 모두 간밤의 추위를 떠올리며 허탈한 웃음을 지었다. 다시 일정을 시작하기 전 우리는 모여 앉아 말없이 에스프레소를 한 잔씩 마셨다.

생각해 보면 시르미오네에서는 모든 것에 성급하게 움직였다. 물론 갑자기 정한 여행지나 예상치 못한 변수들 때문인 것도 있지만, 조급한 마음에 원했던 여행을 하지 못했다. 일행과 침묵의 시간을 보낸 것도 후회되었다. 어떤 것에는 적당히 뜸을 들이는 시간이 필요하다. 우리 일정에도 그런 뜸이 필요했다. 마음을 덜어내고 여유를 찾고자 시작한 여행에서 조급한 나머지 소중한 시간을 도매로 팔아먹은 것이다. 옛말에 틀린 말 하나 없다더니. 급할수록 돌아가고 한 번쯤 뒤돌아볼 줄 아는 여행자가 되어야겠단 교훈을 얻은 시르미오네였다.

포르투갈

2장

포르투

Porto

사람들이 유럽에서 가장 좋았던 나라를 물어볼 때마다 주저 없이 포르투갈이라고 대답한다. 그럼 어김없이 "왜 포르투갈이야?"라는 질문이 꼬리를 물고 따라온다. 좋아하는 마음이 분명하지만, 시간을 되짚어 떠올린 포르투갈의 모든 추억이 목구멍에 걸려 말문이 턱 막힌다. 그래서 항상 "그냥, 좋았어."로 대화를 맺곤 했다.

어느 날 아침 정류장에서 우연히 첫사랑을 마주친 것만으로도 행운의 부적을 손에 쥔 것처럼 종일 들뜬 기분, 포르투갈은 내게 그런 곳이다. 좋아하는 여행지에 명확한 이유가 있을까? 여행은 개인마다 다양한 경험을 쌓는 것이다. 그때 느꼈던 감정과 경험을 다른 이에게 완벽히 전달하기란 어렵다. 여행에서 보았던 풍경, 만난 사람들, 다양한 사건과 경험을 커다란 포장지로 엮어 감싸면 그것이 추억이 된다. 포장지는 대체로 감정의 형태를 띠고 있는데, 내가 경험한 포르투갈은 행복함과 온화한 색으로 소중하고 특별했다.

만약 내가 "당신은 제게 포르투 같아요."라고 표현한다면 당신은 썩 좋은 사람이란 뜻이다. 나에게 여행은 힘든 과정이 있었을지라도 언제나 해피엔딩이었으니까.

포르투 거리

좋아하는 마음을 저항 없이 받아들이면, 굴러가는 눈덩이처럼 자연스레 마음이 불어난다. 포르투는 나에게 그런 곳이었다. 다른 곳에 비해 자주 들른 것도 아니었다. 포르투를 세 번 여행하면서 빨리 많은 곳을 가려고 하기보다 같은 장소에서 다양한 시선을 마주하려고 노력했다. 포르투의 골목에 발을 들인다면 당신도 그럴 수밖에 없을 것이다. 그만큼 매력적이다. 소담한 도시 속에 아줄레주로 알록달록한 골목을 걷다 보면 동화 속에 있는 것 같다. 빛이 드는 시간에 따라 채도가 변하는 지붕은 종일 봐도 질리지 않는다.

Ribeira do Porto
Cais da Ribeira 47, 4050-511 Porto,
포르투갈

São Bento
Praça de Almeida Garrett, 4000-069 Porto,
포르투갈

상벤투역

포르투를 여행하다 보면 한 번은 꼭 들르게 되는 기차역이자, 포르투의 랜드마크다. 기차역 내부로 들어서면 이만여 장의 아줄레주 타일을 붙여 포르투갈의 역사적 사건을 벽화로 묘사한 아름다운 전경을 만날 수 있다. 포르투갈의 역사를 잘 모르는 관광객에게는 내용이 주는 가르침보다 상벤투역이라는 공간이 주는 경이로움이 먼저 와닿았다. 창을 통해 옅게 들어오는 노란빛과 맑은 파란색이 어우러져 기차역이 아니라 하나의 작품 속에 있는 기분이었다. 포스트잇에 작은 말 한 마리 그리는 것도 나에겐 쉽지 않아서, 수만 장의 타일을 이어 붙여 이런 거대하고도 섬세한 장면을 표현한 화가들이 정말 존경스럽다.

렐루 서점

1906년에 렐루 형제가 세운 포르투갈에서 가장 오래된 서점이다. 그리고 조앤 k. 롤링이 《해리포터》를 쓰는 데 영감을 받은 곳으로도 유명하다. 《해리포터》를 좋아한다면 빼놓을 수 없는 코스지만, 흥미가 없어도 충분히 들를 가치가 있는 매력적인 곳이다.

현장 대기 입장은 평일, 주말을 가리지 않고 줄이 길다는 정보를 보고 미리 온라인 예매를 했다. 즉흥 여행을 선호하더라도 렐루 서점만큼은 꼭 미리 예약하고 방문하길 바란다. 들어서자마자 20여 년 전 영화관에서 보았던 〈해리포터〉의 한 장면이 눈앞에 펼쳐졌다. 잠깐이나마 꼬마 해리가 되어 두근거리는 마음으로 서점을 둘러보았다. 서점이지만 너무 유명해진 탓에 8유로(2023년 기준)의 기본 입장료가 있다. 책을 사면 할인해주거나 책이 포함된 입장권도 있으니 선택해서 예약하면 된다. 렐루 서점에서만 구매할 수 있는 《해리포터》 양장판이 있으니 팬이라면 한 권 소장하는 것도 좋겠다.

Livraria Lello
R. das Carmelitas 144, 4050-161 Porto,
포르투갈

동 루이스 다리

프라하에 카를교가 있고, 파리에 에펠탑이 있다면 포르투에는 동 루이스 다리가 있다. 포르투는 크게 도루강을 기준으로 두 도심으로 나누어져 있다. 매직아워(일출 직후 혹은 일몰 직전)에 도루강의 탁 트인 다리 위에서 보는 풍경을 참 좋아했다. 아담한 도시 전체에 푸른빛이 깔리고 주황색 지붕에 따뜻한 조명이 더해져 마음이 차분하고 편안해진다.

해가 떠올랐던 자리와 지는 자리를 번갈아 보며 머릿속에 스치고 지나가는 생각들을 잡아 정리하려 애썼다. 의도적으로라도 여행의 의미를 끊임없이 찾고 되뇌려 노력했다. 지금에서야 여행이 갖는 의미는 시간이 지나고 나서 더 명확해진다는 것을 깨닫는다. 순간을 즐기면서도 시간과 돈에 대한 불안감이 문득 떠오르고, 행복한 날들이 더해질수록 현실로 돌아갈 날이 얼마 남지 않았음에 대한 초조함이 커졌다. 이제는 그런 감정 때문에 의도적으로 무언가를 더 하려고 하지 않는다. 대신 추억 자체가 여행의 의미가 될 수 있도록 항상 되뇌인다. "불안하고 덧없는 것 같을지라도 현재에 충실할 것."

Dom Luis I Bridge
Ponte Luis I, Porto, 포르투갈

144

페드라 도스 게티노스

현지인들이 많이 찾는 일몰 명소로, 동 루이스 다리 전경과 함께 포르투의 노을을 볼 수 있어 좋아하는 곳이다. 세라 두 필라르 수도원과 다리 사이로 나 있는 작은 오솔길을 걷다 보면 만날 수 있다. 오솔길이라고 표현하긴 했지만 암벽과 가파른 경사가 있는 길이니 편한 복장으로 가는 것을 추천한다. 비탈길에 위치한 주거 구역인데, 매년 방문할 때마다 공사 구역이 많아지고 주변이 정리되는 걸 보니 아마 몇 년 안엔 내가 기억하던 풍경이 사라질지도 모르겠다.

관광객들에게 유명한 모루정원이나 필라르 수도원에서 해가 지는 모습을 보는 것도 좋지만, 나는 포르투에 갈 때마다 매번 이곳을 찾았다. 숙소 앞 작은 상점에서 싸구려 와인이나 맥주 한 캔을 사 들고 가서 술을 조금 마시고 낮잠을 자거나, 가장 높은 곳에 자리 잡고 앉아 알음알음 찾아오는 사람들을 구경했다. 간혹 올라오는 것이 힘들어서 도움을 청하는 사람들을 잡아 끌어 주며 짧은 영어와 몸짓으로 대화를 하기도 했다.

당황하거나 급할 땐 한국말도 버벅대는 나는 자타 공인 0.3개 국어지만 여행할 땐 항상 당당하게 행동한다. 사실 말하고 싶은 건 산더미지만 말이 짧아서 깊은 대화를 할 수 없어 아쉬울 때가 많다. 하지만 여행에서 마주치고 대화를 나눴다는 것 자체에 의미가 있으니 아무렴 어때. 우리는 여행자들이라 모두 여행길에서 만나고 헤어지기를 반복한다. 오늘 누군가에게 손짓발짓으로 와인 한 잔을 나눈다면, 내일 어디선가 다른 이에게 빵 한 조각 선물받는 일이 생길지도 모르는 것이 여행이다.

Pedra dos Gatinhos
4430-033 Porto, 포르투갈

모루정원

모후정원

해 질 녘이면 약속이라도 한 듯, 많은 여행자가 모루정원으로 모여든다. 만약 연락이 되지 않는 친구를 찾아야한다면 해 질 녘 모루정원에서 만날 수 있을지도 모른다. 포트와인 한 병과 슈퍼에서 사 온 따끈한 치킨 한 마리면 근사한 야외 식사 한 끼가 된다. 두 번째 포르투에방문했을 때부터는 항상 가방에 와인 오프너를 가지고다녔다. 모루정원에서 와인 오프너를 가지고 오지 않아당황하고 있는 초보 여행자들에게 별일 아니라는 듯 능숙하게 코르크 마개를 열어 주곤 했다.

매년 방문할 때마다 한국인들이 눈에 띄게 늘어나더니, 가장 최근에 방문했을 때는 케이팝을 틀어 놓고춤을 추는 사람들이 생겼을 정도로 친숙한 곳이 되어 있었다. 버스킹 노랫소리에 맞추어 박수를 치고, 와인을 마시고 떠들며 시간을 보내다 보면 바로 '그 시간'이 온다.누가 시켜서 하는 것인지, 자발적으로 진행하는 것인지모르겠지만, 모루정원에서 여러 날 지내본 경험상 '그'는항상 비슷한 시간에 어디선가 등장했다. 해가 포르투의어느 건물 지붕 아래로 내려가는 순간, 클랩맨이라 불리

Jardim do Morro
Jardim do Morro, 4430-210 Vila Nova de Gaia,
포르투갈

는 그가 'clap'이라고 쓰인 커다란 판자를 들고 위풍당당하게 등장한다. 그러면 모두 기다렸다는 듯이 열렬히 박수를 친다. 파리의 몽마르트르 언덕에서도, 로마의 스페인 광장에서도 해가 지는 모습을 보며 다 함께 박수 치는 모습은 여러 번 봤지만, 이렇게 체계적으로 지는 해를 보내 주는 곳은 모루정원이 유일했다.

와인에 취해 상기된 얼굴이 노을빛에 더 붉어져, 터져 나오는 박수 소리가 불꽃놀이처럼 느껴졌다. 하루를 열심히 살아 낸 서로에게 보내는 찬사 같기도 해서 최선을 다해 더 열심히 박수 쳤다. 지붕 아래로 내려간 해처럼 손바닥에 발갛게 남은 자국을 보며, "오늘도 참 열심히 잘 살았다!"고 외친 특별한 날이었다.

애정하는 순간들

행복한 순간은 다시 꺼내 추억할수록 선명해진다. 3년 전 포르투 거리에서 한 가족이 인형극을 끝내고 서로를 다독이는 모습을 담았었다. 쉬는 시간에 여동생이 오빠에게 안겨 수고했다며 **뽀뽀**해 주던 그 장면이, 사진을 꺼내 보지 않아도 눈앞에 생생하다. 그들을 바라보며 서 있던 그 거리 전체가 사랑으로 물드는 기분이었다. 말로는 다 표현되지 않는 그런 순간들을 굉장히 애정한다. 진심은 매개 없이도 빠르게 전달되기 마련이다.

리스본

Lisbon

포르투갈을 다녀온 사람들에게 리스본과 포르투 중 어디가 더 좋았냐고 물어보면, 다수가 포르투를 선택한다. 하지만 아무리 고민해 봐도 나는 어디가 더 좋았다고 고를 수가 없다. 리스본도 왜 그곳이 좋은지를 딱 짚어서 설명하기는 어렵다. 포르투와 마찬가지로 리스본 사진들 또한 잴 수 없는 깊이의 애정으로 담은 것이니 그 질문에 대한 답이 되었으면 좋겠다. 포르투갈의 도시들은 모두 아기자기한 편인데, 리스본은 포르투에 비해 넓고 시원시원한 편이다. '일곱 개의 언덕으로 이루어진 도시'라는 별명이 있을 정도로 높낮이의 차이가 심하다. 하지만 그렇기 때문에 어디서든 높은 곳에 올라서면 시원한 도시 전경을 한눈에 내려다볼 수 있다.

사진 한 장으로 내가 생각하는 리스본을 보여 달라고 한다면 이 사진을 보여 주고 싶다. 골목 사이로 보이는 알록달록한 건물들, 구도심 어디든 가로질러 지나가는 노란색 트램 그리고 어디서나 쉽게 만날 수 있는 미니 프레코까지 모두 내가 애정하는 리스본이다.

호시우 광장

리스본을 돌아다니다 보면 한 번은 지나게 되는 장소다.
여행자들이 숙소를 잡기에도 쉽다. 정식 명칭은 '동 페드
루 4세 광장'이지만, 호시우 광장이라는 이름으로 더 잘
알려져 있다.

포르투갈은 여러 장식 문양이 잘 발달되어 있을 뿐
만 아니라, 전통적인 건축 기술도 잘 보존되어 있다. 호
시우 광장은 포르투갈 전통 바닥 장식인 '칼사다 포르투
게사'로 장식되어 있다. 포르투갈 특유의 분위기를 조성
하는 이 물결무늬 바닥 패턴은 바다와 항해를 상징하는
표식들을 담아 대부분 수작업으로 만든다. 광장 분수 아
래 앉아 흑백으로 물결 진 파도 위 알록달록한 건물들을
보고 있으니 다시 리스본에 도착한 게 실감 났다. 거리
를 걷는 사람들의 그림자가 파도 위로 드리워진 모습이
바다를 걸어 다니는 검은 인간들 같아 구경하는 재미도
있었다.

Praça Dom Pedro IV
Praça Dom Pedro IV,
1100-193 Lisboa,
포르투갈

코메르시우 광장

리스본에서 약속을 잡는다면 코메르시우 광장이 가장 무난하다. 여행 카페에서 리스본 동행을 구할 때 대부분 약속 장소를 이곳으로 정했다. 탁 트여 있어 오가는 사람이 많고 볼거리도 다양해 혹여나 동행이 약속 시간에 늦더라도 심심할 틈이 없다. 리스본에서는 할 거리를 정해 두지 않고 여유롭게 돌아다녔는데, 주로 광장 동상 아래 앉아 사람들을 관찰하곤 했다.

두 가족이 재회하는 장면이 유독 마음에 남아 있다. 멀리서 서로를 마주 보며 걸어와 반가움의 포옹을 나눴다. 몸이 가까워지기도 전부터 이미 눈빛으로 '보고 싶었다'는 마음을 강렬히 뿜어내고 있었다. 마침내 서로의 품에 닿자 웃음소리와 함께 따뜻함이 광장 전체로 확 퍼져 나가는 기분이었다. 들이마신 공기에서조차 행복감이 느껴졌던 그때 나의 감정이 이 사진으로 전달되었으면 좋겠다.

Praça do Comércio
1100-148 Lisbon,
포르투갈

산타루치아 전망대

제일 처음 리스본에 도착하기 이전부터 꼭 가 보고 싶던 장소가 있었다. 아는 작가님의 사진 한 장 때문이었다. 그 사진에는 짙고 두꺼운 구름을 피해 뉘엿한 햇빛으로 빛나던 이름 모를 성당이 담겨 있었다. 장장 열네 시간 의 비행시간도 사진 속 그 장면을 직접 볼 수만 있다면 전혀 힘들 것 같지 않았다. 하지만 간절한 바람에도 불구하고 첫 리스본 여행에서는 끝내 그 장소를 찾지 못하고 돌아가야 했다.

　모든 여행지가 그러하듯, 처음 도착한 리스본은 너무 낯설었고 모든 게 새로워 적응하기 바빴다. 두 번째 리스본은 일정이 촉박해서 그 장소를 찾아볼 엄두도 내지 못했고, 결국 세 번째가 되어서야 그 장면을 마주할 수 있었다. 허탈했다. 건물 위치와 기억 속 사진을 비교해 가면서 한참을 이리저리 뛰어다녔는데, 찾고 보니 특별하게 숨겨져 있던 장소가 아니었다. 심지어 리스본을 돌아다니는 동안 수도 없이 지나쳤던 장소였다. 세 번의 여행 끝에 찾아낸 곳이 매번 지나쳤던 곳이었다니.

Miradouro de Santa Luzia
Largo de Santa Luzia,
1100-487 Lisboa,
포르투갈

사진을 찍는 사람들이라면 한 번쯤 다른 사람의 사진을 보고 '나도 이 장면을 담고 싶다'는 생각에 찾은 곳이 있을 것이다. 기대와 설렘으로 찾아낸 곳의 현실에 실망한 적도 있을 것이다. 나 역시 리스본에서 그 허무함을 경험했다. 나름대로 나만의 시선을 담아내려 노력해 봤지만, 기억 속 사진에 비하면 형편없었다.

한 장의 사진으로 여행이 시작되기도 한다. 누군가의 시선을 따라 명소나 숨은 장소를 찾아내는 것도 좋지만, 내가 생각하는 여행 사진의 묘미는 역시 '이야기'다. 여행하면서 느낀 그 날의 분위기, 온도, 색감 그리고 생생한 이야기를 사진에 담아내는 것이다. 기억 속 리스본 사진에 매료된 이유도 그 작가님이 담은 이야기 때문일 것이다. 이것이 사진이 주는 마법이 아닐까? 내가 담은 이야기도 부디 누군가에게 여행의 시작점이 되기를 바란다.

에두아르두 7세 공원

리스본과 포르투의 우위를 비교할 수 없다고 했지만, 5월의 리스본은 선택이 아닌 필수 여행지라고 말하겠다. 도시 전체가 보랏빛으로 물들어 생동감이 넘쳐흐르는 리스본을 만날 수 있기 때문이다. 아프리카의 벚꽃이라고 불리는 자카란다는 리스본 도시 전역에서 만날 수 있는데, 이 보랏빛 마법을 구경하기에 가장 추천하고 싶은 곳이 '에두아르두 7세 공원'이다. 아침 일찍 공원 벤치에 앉아 있으면 노란색 버스를 타고 등교하는 학생들을 볼 수 있다. 그 위로 햇살을 받아 맑은 연보랏빛으로 빛나는 자카란다는 그들에게 내리는 축복 같기도 했다. 봄이 떠나기 아쉬워하고, 여름이 손짓할 때쯤 에두아르두 공원을 거닐어 보기를 바란다.

Parque Eduardo VII
1070-051 Lisbon, 포르투갈

28번 트램

리스본에서 노란색 트램은 어디에나 있고, 안 가는 곳이 없다는 말이 있을 정도로(내가 지었다) 도시 전역을 오고 간다. 그러므로 리스본 시내를 짧은 시간 내에 둘러봐야 한다면 28번 트램이 정답이다. 오래된 노란색 트램을 타고 구불구불 좁고 긴 알파마 언덕을 올라가다 보면, 나이 지긋하고 친절한 현지 도슨트와 함께 여행하는 기분을 느낄 수 있다.

　내부가 나무로 된 아담한 객실에서는 사람들의 다양한 말소리가 들린다. 앞자리에 앉을 수 있는 운 좋은 날에는 기관사들이 핸들을 빼고 끼워 가며 운전하는 트램 속 작은 공연을 볼 수도 있다. 트램이 유명 관광지를 많이 지나다녀 사람이 많이 타고 내리기 때문에 처음부터 종점에서 트램을 타는 것이 작은 팁이다. 그리고 아주 좁은 골목길에선 사람이나 차를 만나 트램이 정지해 있는 경우도 허다하기 때문에 여유롭고 긍정적인 여행자의 마음을 가지고 탑승하길 바란다.

비카 푸니쿨라

리스본 시내에는 비카, 글로리아, 라브라 총 세 개의 푸니쿨라가 있다. 글로리아선이 가장 유명하지만, 나는 영화 〈리스본행 야간열차〉에 나왔던 비카선에 꼭 가 보고 싶었다. 위에서 아래로 내려다보면 테주강 앞으로 지나는 노란색 푸니쿨라를 볼 수 있는데, 첫 리스본 여행에서는 그곳이 비카선 푸니쿨라인지 알지 못했다. 여행하면서 포르투갈의 매력에 흠뻑 빠졌고, 한국에 돌아와서 〈리스본행 야간열차〉를 찾아보게 되었다. 영화를 보고 나서는 비카선 푸니쿨라에 매료되어 다시금 포르투갈 여행을 결심했다. 반복되는 일상의 무기력함이 머리끝까지 차올랐던 주인공이 어떤 계기로 리스본에 이끌린 것처럼 말이다.

영화는 단순한 시작과 다르게 철학적이고 관념적인 내용을 담고 있었다. 사실 고백하자면, 전체적인 영화의 내용이나 숨겨진 의미에는 큰 관심이 없었다. 더 정확히 표현하자면 상관이 없었다. 영화 속 리스본 풍경이 그저 반가웠고, 그곳들을 따뜻하고도 빈티지한 색감으로 신비

롭게 풀어낸 것이 인상적이었다. 나에게 그 영화는 스토리를 더한 리스본 영상집이었다. 리스본 특유의 구름 없고 청량한 하늘을 소다색으로 칠하고, 프라이팬 한쪽에 눌어붙은 황갈색 버터를 한 겹 발라 놓은 색감이 나를 편안하게 했다.

영화에서 "우리는 어딘가에 도착했을 때 무언가를 남기고, 다시 가야만 찾을 수 있는 우리 안의 물건들이 있다."라고 했다. 인생의 방향을 바꾸는 결정적 순간은 영화처럼 드라마틱하지 않을 수 있다. 다만 모든 걸 내려놓는다는 것은 그 크기와 무게만큼 용기가 필요한 일이기에 내게 이번 여행은 꽤나 큰 용기를 낸 셈이었다. 언젠가 다시 책 한 권과 열차표가 주어졌을 때도 용기 있는 결단을 내릴 수 있기를 바란다.

Bica Funicular
R. da Bica de Duarte Belo 81 53,
1200-109 Lisboa, 포르투갈

벨렝탑

구시가인 알파마와 바이샤를 벗어나 대중교통을 타고 벨렝 지구로 향했다. 제로니무스 수도원 옆에는 리스본에서 가장 유명한 에그타르트 가게인 '파스테이스 드 벨렘'이 있다. 굉장히 유명한 곳이라 언제나 줄이 길어 한참 동안 기다려야 한다. 벨렝탑에 갈 일이 있다면 줄이 길어도 꼭 한 번 먹어 보길 바란다. 나는 이곳에서 에그타르트 한 상자를 포장해 벨렝탑 앞 정원에 가서 먹는 걸 좋아한다.

벨렝탑은 대항해시대에 포르투갈의 탐험가 바스쿠다 가마가 신대륙 항로를 개척하기 위해 출발했던 곳에 세워진 기념탑이자 요새다. 특색 있는 건축물이 아니라 인상 깊지는 않다. 하지만 에그타르트를 사 들고 벨렝탑까지 산책을 즐기고, 잔디밭에 앉아 출출해진 배를 부드러운 에그타르트로 채우기에는 부족함이 없는 곳이다. 아직 온기가 남은 달콤한 필링을 한가득 물고 우물거리다 보면, 고민이 입안에서 타르트와 함께 스르르 녹아 사라지곤 했다.

Torre de Belém
Av. Brasilia, 1400-038 Lisboa,
포르투갈

알마다 그리스도상

알마다 지구와 알파마 지구는 테주강을 경계로 나뉘어 있다. 테주강은 강이라고 하지만 실제로 본다면 머리에 물음표가 뜰 수도 있다. 이베리아반도에서 가장 긴 강이라지만, 파도도 치고 사람들이 물질도 하는 이곳이 정녕 강인가 싶었다. 물을 떠서 혀를 대면 짠맛이 날 것만 같은 넓은 강이다. 그렇기에 테주강을 건너려면 생각보다 꽤 시간이 소요되어 리스본이 처음이라면 알마다 그리스도상까지는 잘 방문하지 않는 편이다.

두 번째 리스본 여행 중, 하루는 리스본에서 십수 년째 게스트하우스를 운영하고 계신 사장님과 이른 아침 티 타임을 가졌다. "알마다 지구는 가봤어요?"라는 사장님의 말에 원래의 일정을 포기하고 알마다 지구로 향했다. 현지인의 추천은 대체로 실패할 확률이 적다는 경험에서 내린 결정이었다. 그리스도상이 있는 곳은 리스본을 내려다볼 수 있는 가장 높은 곳이었다. 아직 브라질에는 가 보지 못했지만, 코르코바도를 살짝 찍어 먹어 본 기분이었다. 따스한 햇살 아래 시원하게 펼쳐진 테주강, 머리칼을 시원하게 쓸어 주는 바람까지 완벽한

Santuário de Cristo Rei
Av. do Cristo Rei,
2800-058 Almada, 포르투갈

날이었다. 트인 풍경을 몇 장 담고서는 바로 인적 드문 곳의 벤치를 찾아, 얼굴에 모자를 덮어쓰고 두어 시간 낮잠을 청했다.

여행 좀 다녀 본 여행자들이 공통으로 항상 하는 말이 있다. "여행은 채우는 것보다 비우는 것이 중요하다."라고. 여행을 다니면서 어디든 가야 한다거나 무엇이든 해야 한다는 압박감에 마음이 경직되어 여유를 느끼지 못할 때가 있다. 그럴 땐 억지로 편안함을 흉내 낼 필요 없다. 대신 아주 적당히 헐렁하고 어설프게 행동해 보자. 스웨터를 짤 때, 한 코 정도 빼먹어도 넘어갈 수 있는 헐렁함 정도면 충분하다. 너무 완벽하게 '여행'이라는 과제를 끝마치려고 노력하지 말라는 말이다. 조그맣게 난 구멍을 보고 다른 여행자가 예쁜 와펜을 선물해 줄 수도 있고, 더울 때 바람이 구멍으로 송송 들어와 땀을 식혀 줄 수도 있으니까. 아니면 코가 살살 풀려 멋진 크로셰처럼 보일 수도 있지 않을까? '여유를 즐기는 일'을 억지로 시간을 내서 초조함 속에 이행할 필요는 없다. 조금 내려놓고 여행하다 보면 나도 모르는 새에 비우는 여유를 맛볼 수 있을 것이다.

세뇨라 두 몬테 전망대

언젠가부터 "안온한 밤 보내세요."라는 표현을 자주 쓴다. 조용하고 편안하게 보내라는 뜻이다. 많이 살진 않았지만, 별일 없이 조용히 하루를 마무리할 수 있다는 것에 대한 감사함은 알고 있다. 어떤 행복한 사건들로 매일 특별하게 마무리할 수 있다면 좋겠지만, 그런 날들은 상대적으로 드문 편이니까.

리스본에서 해 질 녘 전망대 벤치에 앉아 바다를 바라보고 있으면 안온했다. 바람 없고 따뜻한 노을 안에서 밤을 맞이하는 도시를 내려다봤다. 복잡하게 얽힌 생각도 찬찬히 풀어 나갈 수 있는 시간이었다. 혹시 당신의 오늘이 찬 바람에 지친 하루였다면, 남은 저녁이 안온하고 평안하길 소원한다.

Miradouro da Senhora do Monte
Largo Monte, 1170-107 Lisboa,
포르투갈

포르투갈 근교 소도시

포르투갈은 시끌벅적한 명소와 웅장한 장관도 있지만, 한적한 매력으로 사람들을 사로잡는 근교 여행지도 많다. 만약 일본의 도쿄나 오사카 같은 대도시보다 가마쿠라나 시즈오카처럼 작은 소도시 감성을 더 좋아한다면, 포르투갈 소도시 여행을 강력히 추천한다. 여기저기서 들리는 한국말 없이 현지인들 사이에서 두리번거리며 거리를 산책하면 그 순간만큼은 현지에 녹아든 듯한 느낌을 받을 수 있다. 지역 특색을 더 짙게 느낄 수 있고, 숨겨진 장소를 찾아내거나 현지 입맛에 가까운 음식점을 경험해 볼 수 있는 재미도 있다. 새겨진 줄무늬가 물결치는 집들이 인상 깊었던 코스타노바, 뜨거운 여름 음악 페스티벌이 펼쳐지던 카스카이스, 오비두스에서 사람들과 함께 마셨던 진자(체리주)는 아직도 잊을 수 없을 만큼 생생한 추억이다.

무어인의 성

신트라는 페나궁을 구경하기 위해 리스본에서 당일치기로 많이 찾는 여행지다. 리스본 호시우역에서 신트라역까지는 기차로 약 사십 분 정도 걸리고, 신트라역에서 434번 버스를 타면 무어인의 성(이하 무어성), 페나궁을 차례로 들를 수 있다. 4년 전 첫 신트라 여행에서는 버스를 타고 가다가 잘못 내려서 페나궁에 가지 못했었다. 다음 버스를 기다렸으면 갈 수 있었을 텐데, 잘못 내린 것조차 여행이라며 그냥 무어성에 갔다. 날씨가 좋다면 무어성에서 페나궁이 멀리 보이고, 반대로 페나궁에서도 무어성을 볼 수 있다.

Castelo dos Mouros
2710-405 Sintra, 포르투갈

페나궁

낭만으로 포장했던 실수를 반복하지 않기 위해 두 번째 신트라 여행은 동행을 모아 일일 택시 투어를 이용했다. 뾰족하게 솟아오른 봉우리에 위치한 알록달록한 원색의 페나궁은 포르투갈이 얼마나 색에 진심인지 알게 해 준다. 왜 첫 번째 여행에 페나궁을 가지 않았던 건지, 그때의 내가 이해되지 않을 정도로 인상 깊었다. 페나궁은 원래 수도원이었지만, 귀족의 별장으로 개조된 곳이기 때문에 그만큼 화려하고 '성' 같은 느낌이 강하다. 무어성은 이슬람 무어인들이 건설했지만 기독교인들에 점령당해 성터만 남아 투박한 느낌임에도 질리지 않는 맛이 있다. 두 성은 서로 멀지 않은 곳에 있는데도 시간의 명암으로 인해 극적인 대비감을 느낄 수 있다.

Palácio Nacional da Pena
Estrada da Pena,
2710-609 Sintra, 포르투갈

헤갈레이라 별장

페나궁을 구경한 후, 당일 코스로 함께 들를 수 있는 헤갈레이라 별장은 '개인 별장'이 주는 정석적인 느낌 그대로 숲속에 고고하게 자리하고 있다. 별장 안의 성은 몬테이로 궁전이라고 불린다. 크고 알록달록한 페나궁을 본 이후라 궁전이라고 불리는데도 아담하고 소박해 보였다. 하지만 가만히 살펴보면 지붕과 장식, 창문들이 꽤 화려하다는 것을 알 수 있다. 벽에 쌓아 올린 벽돌의 테두리가 크고 짙게 보여 레고로 만든 성 같기도 하다. 내부는 이름에 걸맞게 아줄레주 타일 장식과 벽화로 꾸며놓아 왕실 느낌이 가득하다.

이곳은 헤갈레이아 별장보다 나선형 지하 계단을 타고 내려가는 우물이 유명하다. 죽음과 환생을 뜻한다는 우물은 사람이 많아 줄을 서서 차례로 내려가야 한다. 우물 사진을 찾아보면 웅장하고 멋진 사진들이 많은데, 인파 때문에 사진으로 보던 풍경은 담기 어려웠다.

Quinta da Regaleira
R. Barbosa du Bocage 5,
2710-567 Sintra, 포르투갈

아제나스 두 마르

포르투갈의 서쪽 끄트머리에는 포르투갈에서 가장 역동적이고 아름다웠던 아제나스 두 마르가 있다. 바위산을 깎아 한 숟갈 파내고 넣어 둔 것처럼 작고 예쁜 마을이 절벽에 위치하고 있다. 이곳은 택시 투어에서 가장 만족스러웠던 곳이다. 눈이 시리도록 파란 파도가 해안절벽에 몰아쳐 쉴 새 없이 부딪히는 모습을 보고 있으면, 마음 구석의 답답함도 부서져 뚫리는 듯했다. 시간상 절벽을 따라 가볍게 한 바퀴 돌고 돌아올 수밖에 없어서 매우 아쉬웠다. 다시 들르게 된다면 바다가 보이는 카페에 앉아 여유롭게 시간을 보내고 싶다. 절벽 아래에 있는 작은 모래사장과 해수풀을 구경하는 것도 좋겠다.

Miradouro das Azenhas do Mar
R. Dr. António Brandão de Vasconcelos 40,
2705-098 Colares, 포르투갈

애플 비치

택시 투어의 마지막 코스인 호카곶으로 향하기 전 '애플
비치'라는 귀여운 이름을 가진 해변에 잠시 들렀다. 아제
나스 두 마르에서 3km 정도 떨어진 곳의 아주 작은 해
변인데, 관광객이 없고 평화로운 곳이니 시간이 된다면
들러 산책하길 추천한다.

호카곶

세상의 끝. 대항해시대가 시작되기 전 유럽인들은 이곳을 세상의 끝으로 여겼다고 한다. 작은 등대와 기념탑 하나뿐이라, 사실상 관광지로써 큰 메리트는 없다. 한때 '세상의 끝'이었다던 낭만적인 의미 덕인지, 볼거리가 없음에도 많은 사람이 끝이 보이지 않는 수평선을 바라보며 시간을 보내고 있었다.

기념탑에는 "여기에서 육지가 끝나고 바다가 시작된다."라고 적혀 있다. 이 한 문장이 오래도록 이곳으로 사람들을 불러 모았을 것이다. 한 겹 한 겹 켜켜이 쌓인 사람들의 상상이 실체화되고, 몸집을 불려 호카곶의 상징이 되었다. 몇백 년 전 사람들이 세상의 끝이라고 생각했다는 이야기가 이어져 지금까지 사람들이 찾아오는 걸 보면 항상 사실이 중요한 것은 아닌가 보다.

우리가 지구를 넘어 미지의 영역인 우주로 우주선을 발사하고 있는 것처럼, 옛날 사람들은 세상의 끝이자 새로운 시작이라 믿었던 바다로 떠났을 것이다. 믿음과 용기만으로 망망대해를 항해하는 기분이 상상되지 않는다. 그럼에도 불구하고 낯선 세상에 대한 동경과 호기심,

모험심이 우리가 경험하지 못한 세상으로 여행하게 하
는 힘일지도 모르겠다.

Cabo da loka
Estrada do Cabo da Roca s/n,
2705-001 Colares, 포르투갈

코스타노바

코스타노바는 시간이 남는다면 해가 지기 전에 들르길 추천하는 곳이다. 포르투 상벤투역에서 기차로 한 시간 반 정도면 아베이루에 도착할 수 있다. 아베이루에서 버스를 타고 다시 삼십 분이면 줄무늬 마을로 유명한 코스타노바에 도착한다. 하지만 버스 정차 시간이 불규칙적이므로 코스타노바에 먼저 도착해 아베이루를 거쳐 상벤투역으로 돌아가는 코스를 추천한다.

코스타노바는 작은 해안 마을이다. 지역 특성상 안개가 많이 끼어 과거에 뱃일을 마치고 돌아오는 어부들이 쉽게 마을로 돌아올 수 있도록 집에 줄무늬를 그렸던 풍습 때문에 줄무늬 마을이란 별칭을 갖게 되었다. 가족들을 위해 먼바다로 나갔던 이들이 무사히 돌아올 수 있기를 바라는 간절하고도 따뜻한 마음 덕에 지금은 모두가 즐길 수 있는 여행지가 된 것이다. 서로를 돌보고 다정을 베푸는 이야기는 언제나 사람들을 미소 짓게 한다. 그리고 사람들을 행복하게 만드는 이야기는 마음에 오래도록 뭉근하게 남는다. 나의 여행 기록도 읽는 이들에게 그렇게 남았으면 한다.

Praia da Costa Nova
R. da Quinta do Cravo 17,
Gafanha da Encarnação,
포르투갈

아베이루

아베이루는 포르투갈의 베네치아라고도 불린다. 베네치아 전역을 세 번이나 돌아본 나로서는 이 말에 동의할 수 없다. 아베이루는 아베이루만의 확실한 매력이 있다. 좁은 수로를 따라 곤돌라가 오간다는 점은 같지만, 그 뒤로 '윤기 나는 돌'이란 뜻의 아줄레주가 촘촘히 박힌 건물들이 베네치아와는 전혀 다른 분위기를 풍긴다. 곤돌라를 타고 수로를 천천히 지나면 아줄레주 작품들로 꾸며진 전시 공간을 지나가는 기분을 느낄 수 있다. 건물마다 제각각, 색색이 반짝이는 아줄레주를 구경하고 있으면 포르투갈 여행을 더욱 실감할 수 있을 것이다.

Aveiro
R. do Clube dos Galitos 19,
3810-164 Aveiro, 포르투갈

스
페
인

3장

세비야

Sevilla

정열, 붉은색, 태양이라는 단어들과 가장 가까운 이미지를 가진 나라, 스페인이다. 내가 다녀온 두 번의 스페인은 모두 남부 여행이었는데, 40도를 웃도는 7월의 뜨거운 태양 빛 아래 담았던 시선들을 나눠 보려 한다.

리스본에서 버스를 타고 여덟 시간을 달리면 남부로 향할수록 열기가 짙어짐을 피부로 느낄 수 있다. 꼬박 하루를 버스 안에서 보내고 나서야 도착한 세비야의 첫날 밤, 왜 스페인이 정열의 도시라고 불리는지 단번에 알 수 있었다. 4층 숙소에 짐을 풀고 있는데 창밖이 떠나가도록 시끌벅적했다. 발코니로 나가자 좁은 골목 사이를 가득 메운 인파가 눈에 들어왔다. 알 수 없는 복장을 하고 연주하는 음악과 사람들의 고양된 소리가 한데 어우러져 도시 전체가 울리는 것 같았다. 압도적인 광경이었다. 지쳐 있던 몸에 사람들의 열기가 주입되어 새로이 피가 도는 듯했다.

세비야 스페인 광장

스페인의 대도시에 있는 큰 광장들은 대부분 이름이 '스페인 광장'이다. 세비야의 스페인 광장은 다른 곳들보다 더 이국적이었다. 오후 5시가 지났는데 해는 지는 법을 까먹은 듯했고, 달이 그 옆에 자리하고 있었다. 그리 덥진 않았지만 벽돌은 아직 남은 해에 여전히 진한 색으로 달아올라 있었다. 사진에 온도가 있다면 아주 뜨거운 시간은 지나고, 손을 가져다 대면 기분 좋은 온기가 올라올 것만 같은 그 정도의 빛과 따뜻함이었다.

Plaza de España
Av. Isabel la Católica,
41004 Sevilla, 스페인

Setas de Sevilla
Pl. de la Encarnación, s/n,
Casco Antiguo, 41003 Sevilla,
스페인

메트로폴 파라솔

세비야에서 인상 깊었던 장소를 하나 더 꼽자면 엥카르나시온 광장 가운데 자리하고 있는 메트로폴 파라솔이다. 일명 '라스 세타스 데 세비야'. 세비야의 버섯들이라는 별명으로도 불리는 이 전망대는 낮에는 햇빛에 빛나고, 저녁에는 색색의 조명으로 빛나는 야경 명소이기도 하다.

세비야의 열정이 내게 너무 과했는지 여행 중에 열병이 나서 한동안 앓아누웠다. 혹시나 하는 마음에 시도한 코로나 검사에서 음성이 나온 후에야 마음을 놓을 수 있었다. 회복을 위해 잠시 여행을 중단했지만, 반대로 세비야에서의 일상에 더 집중할 수 있었다. 아픈 와중에도 추로스는 놓칠 수 없었기에, 이른 아침이나 늦은 오후에 추로스를 사 먹으러 골목길로 걸어 나갔다.

더운 스페인에는 '시에스타'라는 낮잠 시간이 있어서 해가 가장 뜨거운 시간에는 가게들도 모두 문을 닫는다. 따뜻한 추로스와 함께 빼놓을 수 없는 것이 '띤또 데 베라노'다. 서유럽에 상그리아가 있다면 스페인 남부에는 띤또가 있다. 여름에 마시는 레드와인이라는 뜻으로,

세비야나 그라나다에서 타파스 바에 앉아 띤또를 주문
하면 가볍게 곁들일 수 있는 타파스가 함께 나온다. 한
잔 두 잔, 주문하는 잔 수가 많아질수록 더 비싸고 맛있
는 타파스를 내어 준다. 먹고 마시다 보면 정신없이 흘
러가는 시간이 아쉬울 정도다. 짧게 머무른 것도 아닌데
메트로폴에서 야경을 보지 못했던 이유가 사실 이 띤또
때문일지도 모르겠다. 아니, 띤또 때문이었다!

코르도바 메스키타

세비야에서 당일치기로 다녀올 수 있는 여행지로는 소
도시 코르도바가 있다. 스페인어로 '메스키타'는 우리가
아는 그 '모스크'다. 세계에서 세 번째로 크고, 스페인에
서는 가장 큰 모스크가 여기 코르도바에 있다. 튀르키예
의 아야소피아 성당처럼 두 가지 종교 양식이 섞여 독특
한 모습을 하고 있다.

Mezquita-Catedral de Córdoba
C. Cardenal Herrero, I, Centro,
14003 Córdoba, 스페인

론다

Ronda

Centro de Interpretación del Puente Nuevo
Pl. España, s/n, 29400 Ronda, Málaga, 스페인

누에보 다리

론다는 스페인 남부를 통틀어서 가장 더웠던 곳이다. 실제로 살이 따끔거릴 정도의 햇빛이 내리쪼였다. 그 아래로 등껍질 같은 배낭을 등에 업고 론다에 도착했다. 그나마 다행이었던 점은 돌바닥과 계단투성이인 이 도시에서 캐리어가 아니라 배낭을 메고 다녔다는 점이었다. 세비야에 비하면 론다의 첫인상은 더 시골 같고 삭막한 느낌에 상대적으로 구경거리가 적고 평범해 보였다. 이미 타 버릴 듯한 더위에 짜증이 올라온 후라서 더 좋게 느껴지지 않았다. 잔뜩 구긴 얼굴로 골목길을 따라 걷고 있는데, 장미 덤불 사이로 '먀옹먀옹' 우는 소리가 들렸다. 작고 귀엽게 생긴 고양이 한 마리가 덤불 밖으로 튀어나와 "세상에 짜증 낼 일도 참 많다."라고 핀잔을 주는 것만 같았다.

　결국 걷기를 그만두고 그 자리에 그대로 털썩 주저앉았다. 무거운 배낭을 내팽개치고 숨을 돌려 주변을 둘러보니 그늘 밑에서 쉬고 있는 고양이 무리가 보였다. 이 더운 도시에서 정말 아무렇지 않게 늘어져 나른하게 눈을 감고 있었다. 우두커니 주저앉아 한참을 바라보았

다. 바쁘게 걷는 것을 그만두고 힘을 풀어 앉아 있으니, 그제야 보이는 것들이 있었다. 잔잔하게 고인 물웅덩이 위로 떠 있는 꽃잎들, 이따금씩 부는 바람에 날리는 엷은 나뭇잎 그림자. 그제야 마음까지 고를 여유를 찾아올 수 있었다.

작심삼일, 다짐과 망각의 연속이라지만 그 잠깐 사이 감정에 치우쳐 다시 좁은 시선으로 걷고 있었다. 진심으로 반성했다. 내가 마주한 시선을 담아 사람들에게 나누겠다는 사람이, 일그러뜨린 얼굴로 씩씩대며 론다를 걸어 다녔다. 당연히 시선이 고울 리 없고, 보여 주고 싶은 장면도 잘 담겼을 리 없었다. 사진가가 사진을 찍을 땐 항상 위트가 있어야 한다던 지인의 말이 떠올랐다. 같은 것을 바라보더라도 호기심을 갖고 즐거운 마음으로 바라보아야, 시선을 공유받는 사람도 그 진심을 느껴 즐길 수 있다는 뜻이었을 것이다.

이해에서 끝내면 안 된다. 반성과 동시에 다짐한 것을 행동으로 옮기기로 했다. 우선 구겼던 얼굴에 힘을 모두 풀었다. 자리에서 충분한 휴식을 취한 후 숙소에 도착해 무거운 짐과 함께 부정적인 감정들은 모두 풀어 내렸다. 그리고 내려놓은 짐만큼 위트를 담아 가벼운 발걸음으로 다시 론다로 나갔다. 솔직한 말로, 마음을 바꿔 먹는다고 같은 공간이 갑자기 화려한 놀이동산처럼 변신하진 않는다. 하지만 평범하다고 생각했던 곳을 특별하게 볼 수는 있다. 그마저 어렵다면 스스로 특별한 추억을 만드는 것도 방법이다. 눈이 마주친 아이에게 반갑게 손짓하며 인사하거나, 바로 옆에 앉은 사람과 작은 음식 거리를 나눠 먹는 방법. 조금은 삭막한 내가 종종 사용하는 비법인 셈이다.

그라나다

알함브라 궁전

사람들은 대부분 알함브라 궁전을 보기 위해 그라나다를 찾는다. 그만큼 알함브라 궁전은 웅장하고 화려하다. 옛날 사람들이 남겨 둔 많은 건축물과 작품들을 보고 있자면, 나로서는 이 창작의 재능을 가늠하기 힘드니 당시에는 천재들밖에 없었을까 하는 생각이 절로 든다. 그만큼 섬세하고 아름다웠다. 아름다움을 '아름답다'고밖에 표현하지 못하는 것이 슬플 정도였다. 아무리 천재라도 힘들었을 것이라는 생각이 따라오는 건, 너무 쉽게 바라보고 있는 모든 것들이 누군가에겐 고통과 인내의 시간이었으리란 확신이었다.

예술적인 화려함은 수준 높은 기교로 만들어지고, 그 기교의 밑바닥에는 단단한 기본기가 있었을 것이다. 단순히 한눈에 무언가를 파악하거나 짧은 시간 익혀 내는 것만이 천재가 아니다. 진짜는 남들이 절대 버티지 못하는 걸 해내는 이들이다. 보기에 쉬워 보이고 아무렇지 않게 해낸다면 그 사람이 대단하다는 반증인 셈이다. 항상 정진하는 것, 인고의 시간은 절대 아무도 배신하지 않는다.

Alhambra
C. Real de la Alhambra, s/n, Centro,
18009 Granada, 스페인

알함브라 궁전 성벽 아래로 보이는 알바이신 지역에는 작은 사람들이 각자 바쁘게 움직이고 있었다. 바라보다가 '다들 저렇게 바쁘게 지내고 있는데, 나는 지금 잘하고 있는 걸까?'라는 의구심이 들었다. 머릿속으로 여러 번 되물었는데도 답이 나오지 않았다.

스스로 돌아봤을 때 잘 모르겠다면 당장 할 수 있는 것들을 해 보는 편이다. 생각에서 그치지 않고 실행으로 옮겨야 나아갈 수 있고, 행동은 생각보다 더 어려운 일이다. 오가는 사람들 뒤로 얕은 언덕이 하나 보였다. 문득 반대편에서 보이는 알함브라성이 어떻게 보일지 궁금해졌다.

앞에 보이는 언덕을 올라가자는 갑작스러운 제안에 일행이 어이가 없다는 듯 나를 쳐다보며 이유를 물었다. "저기서 보면 그라나다가 더 예쁠 것 같아서. 모낭비시 몰라?" '모든 낭만은 비효율에서 시작된다'는 말도 안 되는 이유로 일행을 설득했다. 낭만이란 단어가 붙었으니 어쩔 수 없이 감자칩과 맥주 두 캔을 사야 했다. 낭만, 어디에도 어울리는 행복의 가장 쉬운 핑계다. 하지만 언덕을 오르자마자 깨달았다. 역시 보는 것과 직접 해 보는 건 천지 차이였다. 쉬워 보이던 언덕은 굉장히 가팔랐고, 길이라고 부르기도 민망할 정도의 좁은 통로가 있었다. 팔다리를 저어 나갈 때마다 잔가지에 긁혀 상처가 났다.

해가 지기 시작할 때쯤, 스프링이 두어 개 튀어나온

버려진 침대와 우리를 지켜보며 꼬리를 흔드는 들개 몇 마리가 있는 어딘가에 도착했다. 우리는 매트리스에 걸터앉아 해가 지는 알함브라성을 바라보았다. 실패였다. 기대한 풍경도 없었고 멋진 사진이 나올 만큼 아름답지도 않았다. 하지만 좋은 실패였다. 용기 내어 생각을 행동으로 옮겼고, 목표를 위해 열심히 걸었다. 그리고 이렇게 잊을 수 없는 그라나다에서의 추억을 만들었다. 물론 일행의 진심은 알 수 없지만, 나는 만족스러운 마음으로 언덕을 내려왔다.

때때로 우리는 종착역을 알지 못해도 무작정 출발한다. 여정이 끝나고 나서야 이유를 찾을 수 있는 셈이다. 길은 언제나 간 뒤에 생겨난다고 했다. 성격상 엄밀히 말하면 좋은 실패 따윈 없다고 생각한다. 그렇지만 스스로 결정하고 행한 행동의 가치를 폄하하지 않으면 좋겠다. 내가 나를 인정해 주어야 다음 도전과 시도 역시 주저 없이 행할 수 있게 된다. 쓸모없는 경험은 없기에 그 안에서 새로운 가치를 탄생시킨다고 믿는다. 상처가 나고 아물어야 근육이 커지는 것처럼 쓰라려야 하는 순간도 있다. 그렇게 쌓인 노력과 실패가 얽히고 얽혀 나무뿌리처럼 마음이 굵고 단단한 사람이 되기를 소원한다.

프리질리아나

Frigiliana

Frigiliana
C. Real, 9, 29788 Frigiliana,
Málaga, 스페인

프리질리아나

스페인의 산토리니라고 불리는 언덕 위 새하얀 마을로 올라섰다. 마을 입구에는 동전을 넣으면 작동하는 동화책 기계가 있었는데, 한 아이가 눈을 떼지 못하고 있었다. 별생각 없이 동전을 넣어 주자 활짝 피어나는 아이의 미소에, 되레 내가 더 큰 선물을 받은 기분이었다. 게다가 어디선가 나타난 아이의 어머니에게 샌드위치 반쪽을 건네받았다. 말은 통하지 않았지만, 서로의 마음을 충분히 나눈 순간이었다.

산토리니와 다르게 프리질리아나의 지붕은 주황색이었다. 골목을 걸으니 하얀 집들이 끝도 없이 이어졌다. 이 많은 집 안에서 사람들은 무엇을 하고 있을까? 혼자 있고 싶다가도, 누군가 말을 걸어 주거나 함께해 주길 바라는 마음이 한 번씩 불쑥 올라온다.

사람이란 참 변덕스럽다. 알 수 없는 여행길에서 누군가를 만나 반나절, 혹은 하루, 이틀을 함께하게 되는 건 인간이 외로움을 타는 동물이기 때문일지도 모르겠다. 그렇게 수많은 동행들을 만났다. 유독 여행길에서는 모르는 사람들과 쉽게 어울리거나 도움을 주고받는 일이 혼했다. 겨우 서른 살을 넘겼지만, 그런 경험이 많아지는 것과 별개로 관계는 점점 협소해지는 느낌이다. 상대가 진심으로 잘되기를 바라는 인연을 만난다는 게 정말 어려운 일이라는 걸 깨닫는 요즘이다. 그렇기에 나 역시 상대에게 바라는 것 없이 진심으로 대할 수 있는 마음을 잃지 않도록 항상 경계한다.

　　나는 적어도 염치를 아는 사람이 되고 싶다. 염치란 체면을 차릴 줄 알며 부끄러움을 아는 마음이라고 정의하고 있다. 체면은 남을 대하기 떳떳한 도리나 얼굴을 뜻한다고 한다. 여행하며 내가 받았던 크고 작은 호의에 보은한다는 의미에서 배낭여행을 나온 대학생에게 밥을 한 끼 대접하거나, 무언가를 나눠 줄 수 있는 상황이라면 아낌없이 나눴다. 받은 것들이 많은 만큼 염치없이 빗장을 걸어 잠글 수 없다. 정성이 담긴 호의는 분명 돌아온다. 그리고 염치를 아는 사람들은 나에게 똑같이 진심을 내줄 뿐 아니라, 또다시 다른 이들에게 베풀며 지낼 것이다. 여행길에서 사람들과 만나는 것의 순기능이자 가장 큰 선순환이다.

네르하

Nerja

네르하

관광지로 유명한 말라가 대신 네르하를 선택한 건 일종의 도박이었다. 띤또와 타파스를 잔뜩 먹고 들어온 저녁, 스페인의 여름은 너무 뜨겁다며 시원한 바닷가로 가자는 친구의 투정에 구글맵을 뒤적였다. 한참을 찾다가 눈에 들어온 작은 도시, '따사로운 지중해의 태양 아래 평화로운 유럽의 발코니'라는 낭만적인 한 줄에 꽂혀 우리는 바로 다음 날 네르하로 향했다.

'유럽의 발코니'라는 별칭답게 높다란 곳에 올라서니 앞으로는 지중해의 끝없는 수평선이, 양옆으로는 카라혼다 해변과 살론 해변이 우리를 맞았다. 그 광경을 처음 본 순간이 스페인 여행에서 최고로 아름다웠다고 꼽을 수 있는 순간이다. 너무 마음에 들면 손끝 하나 갖다 대기에도 조심스러운 것처럼, 푸르면서도 투명한 네르하의 바다를 보면서 들어갈 생각조차 할 수 없었다. 완벽한 풍경에 감히 내가 끼어들 수 없어 멀찍이 감상하는 것에 만족하며 카메라를 들었다. 간혹 여행지에서도 경청하고 싶은 순간이 있다. 경청이란 상대방의 이야기, 몸짓, 표정까지 온 힘을 다해 귀 기울이는 것이라고 한다. 바라보고 있는 시선에 느껴지는 감정, 온도, 바람 소리까지 한데 담아 셔터를 누르고 나면 피자 한 판을 혼자 다 먹은 것처럼 포만감을 느낀다.

해변 구석구석을 뜯어보며 애정하는 장면을 담았다. 유독 눈에 들어오는 시선은 노부부의 모습이었다. 어쩌면 나의 먼 청사진을 사진으로 그리는 것일지도 모르겠다. 아름답게 나이가 든다는 건 생각보다 멋진 일이니까.

Nerja Balcón de Europa
Balcón de Europa, 29780 Nerja, Málaga,
스페인

바르셀로나

Barcelona

사그라다 파밀리아 성당

여러 번 봐도 볼 때마다 경이로운 사그라다 파밀리아, 사람들이 너무 만져 이빨이 모두 없어진 구엘 공원 행운의 도마뱀 조각상, 영화 〈스타워즈〉에 나오는 스톰 크루퍼의 영감이 되었다는 까사밀라 옥상의 굴뚝과 용의 등에 칼을 꽂아 넣었다는 설화를 모티브로 한 까사바뜨요까지. 바르셀로나에는 독특한 매력이 넘치고 아름다운 건축물들이 많다. 그리고 이 모든 이야기들 가운데 가우디가 있다. 가우디를 빼놓고는 말할 수 없는 도시, 아는 만큼 보이는 도시가 바르셀로나다.

바르셀로나에서 경이로움을 느꼈던 순간이 세 번 있었다. 다른 여행지라면 혼자 도시를 둘러보고 나서 투어를 신청해 보라고 권하지만, 바르셀로나만큼은 가우디 투어를 먼저 신청하길 추천한다. 하루 정도를 투자해서 아침부터 가이드를 따라 바르셀로나를 구석구석 훑고 다니다 보면, 내가 왜 이토록 가우디를 찬양하는지 알 수 있을 것이라 확신한다.

투어의 준비물은 튼튼한 두 다리와 항시 소매치기를 견제하는 경계심이다. 간혹 투어 중에도 얼굴을 하얗

Basílica de la Sagrada Família
Eixample, 08013 Barcelona,
스페인

게 분칠한 2인조 소매치기를 만날 수 있는데, 가이드와 소매치기들이 인사를 나눌 정도로 흔한 일이다. 그러니 항상 내 짐은 내가 챙긴다는 마음으로 다녀야 한다. 다니다가 슬슬 발바닥이 아리고, 햇볕에 피부가 그을렸음을 확신하게 될 때쯤 투어의 마지막 코스인 사그라다 파밀리아에 도착한다. 고난의 파사드 앞에 서서 가이드의 설명과 함께 리베라의 〈상투스〉를 들었던 순간이 처음으로 경이로움을 느꼈던 때였다.

사그라다 파밀리아에 들어서서 유리창으로 들어오는 빛을 마주했을 때 두 번째로 감탄했다. 2년 후 다시 같은 자리에 서서 또 한 번 말을 잃었다. 140년이 넘게 진행되고 있는 사그라다 파밀리아 공사는 가우디의 평생 염원이기도 했다. 전 세계 건축가들의 재능기부와 성당의 기부금으로 공사가 진행되고 있는데, 완공된 사그라다 파밀리아를 보는 것은 나의 버킷리스트이기도 하다. 비로소 완벽해지는 순간, 꼭 다시 이곳에 서 있을 것이다.

바르셀로나 도시 곳곳에서는 노란 리본을 쉽게 찾아볼 수 있다. 한국에서도 추모의 의미로 노란 리본을 사용하던 때였다. 머나먼 바르셀로나에도 노란 리본이 있는 것이 신기해 배경을 찾아봤었다. '바르셀로나' 하면 도시보다 축구팀을 떠올리는 사람들도 있을 것이다. 그러면 자연스럽게 레알 마드리드가 따라온다. 이 둘의 경

기는 따로 '엘 클라시코'라고 부를 정도로 두 도시는 앙숙 관계다. 레알 마드리드는 스페인 수도의 팀으로 중앙정부와 관계가 있고, 바르셀로나는 카탈루냐 지방의 중심도시로 독립적인 문화와 언어를 가지고 있다. 카탈루냐는 독립을 원해 왔는데, 노란 리본은 카탈루냐 독립운동의 상징이자, 박해로 갇힌 사람들의 무사 귀환을 바라는 의미를 가지기도 한다. 그래서 바르셀로나에서 레알 마드리드의 유니폼을 입고 다니면 땅에 침을 뱉거나 욕지거리를 듣는 일도 종종 있으니 조심하도록 하자.

굵직하게 볼 것이 많은 경이로운 나라이지만, 소소하게 즐거운 일들도 많았다. 비니투스의 꿀대구는 나에게 대구가 맛없는 생선이라는 편견을 부수고 재평가하게 만든 음식이었다. 치즈와 달콤한 잼이 단단한 대구살과 만나 말할 수 없는 조화를 이뤄 낸다. 스페인의 레몬 맥주 끌라라를 곁들이는 걸 절대 잊지 말자.

매년 초여름이면 납작 복숭아가 맛있을 때라 보케리아 시장으로 향했다. 과감히 식사를 거르고 납작 복숭아를 한 봉지 가득 사서 배를 채운 적도 있다. 납작 복숭아를 살 때는 싱싱한 친구들을 골라 숙소에서 이틀 정도 숙성시켜 먹는 것이 가장 맛있다. 그래야 흐르다 못해 터져 나오는 진짜 과즙을 경험할 수 있다.

뜨거운 오후를 나무 그늘 속에서 보내고 나면, 금방

아름다운 그 시간이 찾아온다. 스페인에서 정열적인 석양을 즐길 수 있는 곳으로 두 군데를 추천하고 싶다. 먼저 세계 3대 분수로 유명한 몬주익 분수가 있는 스페인 광장으로 향해 보자.

해가 지고 온도가 떨어져 공기가 적당히 선선해지면 다들 몬주익 분수 앞으로 삼삼오오 모여든다. 다양한 노래와 함께 화려한 분수쇼를 볼 수 있는데, 매번 플레이리스트가 달라져 지루하지 않게 관람할 수 있다. 하지만 항상 나오는 퀸의 〈바르셀로나〉를 들을 때만큼은 내가 바르셀로나에 있다는 것이 더욱 와닿았다.

　다른 한 곳은 현지인들은 도무지 이해할 수 없다는 벙커다. 숙소에서 만났던 스페인 친구가 나에게 물었었다. "너희 한국인들은 도대체 왜 벙커에 가는 거야?" 나도 모른다. 포르투에 있었을 때, 해가 지면 자연스럽게 먹을거리를 들고 모루정원에 모였던 것처럼, 다 함께 앉아 도시를 내려다보며 노을을 즐기기에 좋은 곳이다. 벙커에 가면 계획도시에 걸맞게 오와 열을 맞추어 쭉쭉 뻗어 있는 길 사이로 불빛이 반짝이는 야경도 볼 수 있다. 바르셀로나의 밤을 지켜보며 마시는 상그리아 한 잔의 낭만이 마법처럼 사람들을 벙커로 불러 모으는 것일지도 모르겠다.

튀르키예

4장

데니즐리

Denizli

파묵칼레

튀르키예 서남부는 데니즐리, 좀 더 정확히는 파묵칼레가 가장 유명하다. 파묵칼레는 튀르키예어로 목화를 뜻하는 '파묵'과 성을 뜻하는 '칼레'가 합쳐진 '목화와 같이 하얀 성'을 의미한다. 우리는 튀르키예 서남부 끄트머리 퍼티예에서 파묵칼레를 들렀다가 안탈리아로 넘어가는 일정을 택했다. 렌트를 하지 않고 버스를 여러 번 갈아 탔는데 밤이 늦어서야 데니즐리에 도착하는 고된 일정이었다.

다음 날 아침 파묵칼레로 향했지만, 워낙 유명한 관광지이기에 아주 일찍 출발했음에도 불구하고 인터넷에서 보던 풍경은 일찌감치 포기한 상태였다. 막상 도착하니 사람들이 문제가 아니었다. 파묵칼레의 상징인 맑고 푸른 물이 없었다. 난개발로 온천수가 고갈되어 인위적으로 물을 조절해서 흘려보내고 있다고는 들었지만, 이 정도로 수위가 낮아져 있을 줄은 몰랐다. 꽤 많은 것들을 내려놓았다고 생각했는데, 아직도 꺾일 기대가 남아 있었다는 생각에 머릿속에 뜨거운 온천수가 차오르는 기분이었다. 파묵칼레 온천 내에서는 모든 관광객들

Pamukkale
20190 데니즐리 주 Pamukkale,
튀르키예

이 신발을 벗고 걸어야 한다. 눈으로 봤을 땐 희고 매끄럽던 석회암이 실제로는 따갑고 날카로운 부분들이 있어 걷기도 힘들었다. 내가 생각하던 '파묵칼레'에 충족되는 부분이 단 하나도 없었다.

다른 관광객들 사이에서 혼자 얼굴을 잔뜩 구기고 사진 찍을 만한 곳을 찾아 돌아다녔다. 머릿속 온천수가 뚜껑 위로 부글부글 끓을 정도가 되어서야 카메라를 내려놓고 석회암에 아무렇게나 걸터앉았다. 화만 내서는 해결될 것이 없으니 찬찬히 이유를 곱씹어 보았다. 400리라를 내고 들어온 파묵칼레가 기대했던 풍경이 아니라서, 정수리는 햇빛으로, 발은 석회암으로 따가워서, 아이들이 뛰어다니며 내 옆을 지날 때마다 카메라에 석회물을 잔뜩 튀어서, 그래서 신경이 곤두섰다.

원인만 알아차려 봐야 해결될 것이 없으니 감사하기로 했다. 어찌 됐든 여행자라면 한 번쯤 꿈꿨을 그 파묵칼레에 내가 있다. 관광객이 입장 가능한 지역은 점점 물이 줄고 있어 수년 내에는 이 모습조차 볼 수 없을지도 모른다고 했다. 자칭 '날씨요정'이라고 해도 비가 오지 않고 맑은 하늘을 배경으로 파묵칼레를 볼 수 있는 것은 행운이다. 내 옆에는 좋은 사람들이 함께하고 있고, 건강한 신체로 원하던 여행 중이었다. 몇 가지만 떠올렸는데도 조금 전까지 잔뜩 화가 나 있던 내가 창피해졌다. 눈치챘을지 모르지만, 나는 낙천적인 성격은 아니다.

하지만 긍정적으로 생각하려 노력하고, 빠르게 감정을 전환할 수 있는 능력은 가지고 있다. 부정적인 상황이라고 느껴진다면, 낙천적이진 않아도 긍정적으로 생각하기. 아주 약간의 여유면 가장 값비싼 티켓을 손에 쥘 수 있다.

안탈리아

Antalya

안탈리아 올드타운

튀르키예 남부 안탈리아에 도착했다. 작은 도시였지만 올드타운만큼은 추억 속에 크게 남아 있다. 카파도키아로 가기 위해 경유지로 잠시 들린 마을이었기에, 욕심내지 않고 가벼운 몸으로 산책을 했다. 해가 지면 술과 흥에 취한 사람들로 북적이던 거리가 아침이 되자 언제 그랬냐는 듯 조용하고 편안해졌다. 가게 사이로 직원들이 맥주를 나르고, 알아듣지 못하는 말로 조잘거리며 모녀가 지나간다. 골목에 앉아서 사람들과 눈으로 아침 인사를 나눴다. 밝게 핀 부겐빌리아 아래로 툭 튀어나온 모스크의 미나렛(첨탑)을 찍고 싶었지만, 한참을 기다려도 자동차가 나가질 않아 원했던 장면은 찍지 못했다. 지나고 보니 꽃으로 가득한 거리도 예뻤지만 행인들과 마주치며 나눴던 미소가 더 밝게 남은 듯하다. 잔잔한 아침 햇살 속 나눴던 눈인사는 세상에서 가장 조용하고 평화롭게 마음을 나눌 수 있는 방법이었다.

Antalya Old Town
Kılınçarslan, Hıdırlık Sk. No:50,
07100 Muratpa a/Antalya,
튀르키예

뒤덴공원 폭포

안탈리아에는 유명한 뒤덴 폭포가 있다. 도시 높이 위치한 상류부터 폭포가 끝나는 하류까지 물길이 이어지며 마을을 관통하여 지나간다. 많은 사람들이 물길이 끝나는 뒤덴공원 폭포에 모여든다. 아주 맑은 날이면 물길 따라 내달리던 여정이 끝났음을 축하하듯, 무지개가 폭포 주위로 피어난다. 내가 들렀던 날이 그랬다. 힘차게 낙하하는 흰색 물줄기 아래에서 무지개를 낚는 듯한 노인이 인상 깊었다. 축포를 낚아 어디에 쓰려는 것일까. 멀리서 폭포에 가까워지는 유람선도 낭만 찾는 사람들을 싣고 오는 것처럼 보였다. 자연이 아낌없이 나눠 주는 선물을 받으며 모든 것이 평화롭던 그런 날이었다.

Duden Park
Ça layan, Lara Cd. No:457,
07230 Muratpa a/Antalya,
튀르키예

카파도키아

Cappadocia

투즈괼

"기대하지 않으면 실망할 일도 없다." 여행지로 떠나기 전 속으로 한 번씩 되뇌는 문장이다. 대체로 원했던 것이 기대에 미치지 못하면 이전에 한껏 부풀려 놓았던 만큼 실망하게 될 수밖에 없다. 앞서 말한 문장은 잔뜩 꺼지는 마음에 미리 충격을 덜어 놓는 완충제인 셈이다.

카파도키아는 기상이 좋지 않으면 열기구를 띄우지 않는다. 기온, 강우, 풍속 등 다양한 기상 여건을 고려하여 결정하는데, 사람들의 안전과 직결되어 있어 매우 엄격하게 관리되고 있다. 당일 새벽에 비행이 취소되는 경우도 부지기수다. 사흘 내내 새벽부터 열기구가 뜨기만을 기다렸다. 하지만 결국 열기구가 뜨는 걸 볼 수 없었다. 더 이상 여행이 지체되지 않도록 우리는 투즈괼로 향했다. 남미의 우유니처럼 멋진 호수 반영을 볼 수 있는, 세계에서 두 번째로 큰 호수라고 한다.

카파도키아에서 차로 한 시간쯤 내달렸다. 목적지까지 얼마 남지 않았을 때, 우리는 소금 호수가 건기라는 것을 알게 되었다. 열기구에서 지친 마음을 애써 끌어 올려 방금 전까지 노래를 흥얼거리던 사람들이 잔뜩 풀 죽어 가라앉았다. 한두 마디 겨우 이어 가던 말소리조차 사라지자 차 엔진 소리밖에 들리지 않게 되었다. 나는 애초에 출발부터 별 기대를 하지 않았던 터라 노랫소리를 키우며 일행들을 다독였다.

투즈길에 도착했을 때 우리는 게슴츠레 떴던 눈을 키우며 너 나 할 것 없이 탄성을 질렀다. 건기였지만 다행히 물이 다 마르지 않은 상태였다. 예상보다 조금 더 깊숙이 들어가야 했어도 전혀 문제가 되지 않았다. 여행을 하다 보면 계획대로 척척 진행되는 것들이 많지 않다. 기대와 실망, 불행과 행운이 반복된다. 경험상, 예상하지 못했던 풍경이 눈앞에 펼쳐져 있을 때 몇 배로 기뻤던 일이 아주 많았다. 그러다 보니 불쾌한 열기가 피어나는 투정과 실망보다 우연이 주는 폭죽 같은 행복에 오히려 기대하게 된다. '기대하지 않으면 실망할 일도 없다'고 방어적으로 보일 수 있는 표현은 사실 목적 자체에 대한 기대가 아닌 우연으로 인한 행운을 기대하는 방법이다. 직접 내 눈으로 보기 전까지 어떨지 아무도 모르니까, 그때까지 감정을 꾹꾹 아껴 두는 것이다. 투즈길에서의 시간은 햇빛에 끊임없이 반짝이던 소금 알갱이들만큼 순수한 행복만이 존재했다.

Tuzgölü giri i ve satı yeri
Hacıbekta lı, 06950 Şereflikoçhisar/Ankara,
튀르키예

카파도키아로 돌아가는 길

열기구 탑승 실패로 갑작스럽게 들렀던 투즈필이었지만 모두가 만족한 눈치였다. 돌아가는 길에 소금호수를 내달리다 흠뻑 젖어 버린 모자를 손에 쥐고 보조석 창문을 열었다. 손등을 타고 넘어가는 시원한 바람을 즐기는데 차가 덜컥 멈춰 섰다. 모두들 놀라 눈을 동그랗게 뜨고 동시에 밖을 쳐다봤다. 그리고 약속이라도 한 듯 모두 차에서 내렸다. 몽골에서나 볼 법한 풍경이 눈앞에 넓게 펼쳐져 있었다. 끝없이 깔린 갈색 들판 가운데 난 검은 도로를 양 떼가 건너가고 있었다. 행동이 느린 양치기와 바지런히 움직이는 개들 사이로 양들이 일사불란하게 움직였다. 저마다 다른 높낮이로 울음소리를 내며 이동하니, 하얗고 보송한 옷을 맞춰 입은 하나의 합창단 같았다. 귀여운 합창단의 무대가 끝나고 언제 그랬냐는 듯 조용해진 도로를 다시 달리기 시작했다.

투즈필에 이어 한 번 더 쥐어진 선물 상자 속 행복을 곱씹었다. 예측할 수 없고 언제 주어질지도 모르는 깜짝 선물들이었다. 앞으로도 내가 알 수 없는 순간에 수많은 상자를 열게 될 것이다. 행복의 크기를 예상할 수는 없지만 우연에서 찾아오는 기대를 이렇게 다시 키워 간다. 목적에 대한 기대보다 편리한 점이 있다면, 시점은 몰라도 확실히 찾아올 행운이므로 실망할 일이 없다는 것. 다음엔 무엇이 들어 있을까 즐거운 상상을 해 본다. 언제나 선물 상자는 갑작스레 찾아온다. 어떤 행복이 들어 있을지 아무도 모른 채.

괴레메 일출

괴레메는 황량한 암석지대로 이루어진 마을이다. 거의 모든 사람이 열기구를 보려고 이곳을 방문한다. 새벽 4시부터 8시까지, 보통의 마을과는 달리 아주 이른 네 시간이 괴레메에서 가장 활발한 시간대다. 해가 떠오르기 전, 어둑한 새벽에 씻지도 못하고 눈을 부비며 매일같이 숙소를 나섰다. 마을에서 가장 높은 능선 위로 개미처럼 움직이는 사람들을 따라 언덕으로 올라서면 도시 곳곳에서 열기구가 호롱불처럼 깜빡인다.

해가 올라오기 전, 누가 먼저라고 할 것 없이 열기구들이 붉을 밝히며 하늘로 떠오른다. 괴레메에서 열기구가 떠오르는 날이면 해가 높이 떠오를 때까지 쉬지 않고 연신 셔터를 눌러댔다. 4년 전과 똑같은 장소에서 사진을 찍었다. 스스로에게 예전보다 나은 사진을 찍었느냐고 묻는다면, 글쎄 잘 모르겠다. 그럼에도 예쁜 열기구를 보지 못했다고 말하기에는 충분히 낭만적이고 아름다운 일출이었다.

Göreme sunrisepoint
sunrisepoint, 50180 Göreme/Nevşehir Merkez/Nevşehir,
튀르키예

로즈밸리

괴레메의 암석층은 다양한 색과 모양을 가지고 있어 구경하는 눈이 즐겁다. 그린밸리, 핑크밸리, 레드밸리까지 재미있는 협곡들을 만나 볼 수 있으며, 해 질 무렵 가장 인기가 많은 곳은 카파도키아의 그랜드캐니언이라 불리는 로즈밸리다. 시내에서 차로 십 분이면 도착할 수 있는 곳이라 접근성도 좋다. 다양한 투어 상품의 마지막 하이라이트가 항상 로즈밸리일 정도이니 일몰 시간에 맞춰 꼭 방문해 보길 추천한다. 붉은 해가 내려오기 시작하면, 특이한 형상의 암석들이 장밋빛으로 물들기 시작한다. 시야가 사방으로 트여 있어 내려다보는 기분이 묘하다. 로즈밸리를 바라보며 커피나 차를 마실 수 있는 근처 노천 카페에 가 보는 것도 방법이다. 해가 완전히 질 때까지 암석의 색이 시시각각 변하는 멋진 공연을 볼 수 있다.

Rose Valley - Gül Vadisi
2. Küme, Gül vadisi, 50180 Göreme/Nev ehir Merkez/Nev ehir,
튀르키예

열기구에 탔다

카파도키아에서의 마지막 날, 결국 일행들과 열기구를 타기로 했다. 열기구 탑승비는 특이하게도 시가로 책정된다. 앞서 말했듯이 열기구는 다양한 기상 요소에 따라 운행이 엄격하게 통제되기 때문이다. 따라서 당일에 열기구가 뜨지 못하면 열기구를 타지 못한 관광객들이 다음 날 몰릴 수밖에 없다. 기본적으로 카파도키아의 열기구는 인기가 많아 항상 탑승객이 붐비므로 한가한 날을 기대하면 안 된다.

보통 본인이 묵고 있는 숙소 혹은 인근의 현지 여행사에서 열기구를 예약할 수 있다. 가장 저렴한 상품이 한 사람당 150유로, 그러니까 약 20만 원이 넘는 셈이다. 4년 전 괴레메에 방문했을 때 150유로짜리가 가장 비싼 상품이었지만, 그동안 곱절로 오른 물가를 감안하면 상대적으로 열기구 탑승 가격은 적게 오른 편이긴 했다. 불확실한 비행 가능 여부와 '시가'가 주는 부담을 생각해 보면, 카파도키아의 열기구 탑승은 쉬운 일이 아니라 어느 정도 운이 따라 주어야만 가능하다.

괴레메에서 묵는 동안 하루는 꼭 열기구에 타기로

일행들과 약속했었다. 그리고 도착한 첫날, 우리는 카파도키아의 현지 여행사 사장님과 일종의 거래를 하게 됐다. 우연히 사장님과 이야기를 나누던 중 우리가 SNS에서 여행과 관련된 콘텐츠를 제작한다고 말했다. 그러자 사장님은 괴레메 지역의 모든 액티비티를 무료로 탑승하게 해 줄 테니 SNS로 홍보를 해 달라고 요청했다. 하지만 기상 여건이 좋지 않아 이틀 연속 열기구가 뜨지 못하면서 150유로였던 열기구 가격은 250유로까지 치솟았고, 그 거래는 성사되지 못했다. 결국 우리는 묵고 있던 숙소 사장님과 협상하여 한 사람당 200유로가 넘지 않는 날 열기구를 타기로 했다. 마지막 날이 되어서야 가까스로 우리 셋은 열기구에 오를 수 있었다.

열기구를 타는 방법은 꽤 재미있다. 아주 캄캄한 새벽, 숙소 앞에 나와 기다리고 있으면 여러 대의 밴 차량이 오가며 예약 손님들을 찾아 태운다. 그리고 각자의 열기구가 대기하고 있는 곳으로 이동해서 내려 주는데, 이때 간단한 아침을 먹을 수 있다. 든든하게 배를 채우곤 커다란 피크닉 바구니에 담긴 빵 덩어리들처럼 다닥다닥 열기구 안으로 올라탄다. 정신없이 분주한 준비 과정을 거친 데 반해, 하늘 위로 두둥실 오르고 나면 시간이 다르게 흐른다. 눈앞에 수없이 떠 있는 열기구들을 보니 시간은 정지한 듯했고, 순식간에 다른 행성에 와 있는 기분이었다.

열기구 한가운데 큼지막하게 박혀 있는 이름은 그 자체로 회사를 홍보하는 수단이 된다. 플라워, 버터플라이, 보야지, 스마일 가지각색 이름들을 보니 저절로 웃음이 났다. 매일 꽃과 나비와 미소가 해가 뜨는 하늘을 두둥실 떠다니는 셈이다. 하나같이 보드랍고 희망찬 명사들이었다. 카파도키아 현지인들에게 이보다 중요한 생계 수단은 없기에 실제로 그들의 희망이기도 했다. 색색의 열기구들을 하나하나 눈으로 쫓다 보니 저 멀리 '본보야지'라고 쓰인 큼지막한 열기구가 보였다. 'Von voyage'는 불어로 '좋은 여행', '여행 잘 다녀와!'라는 말이고, 'Voyage'라는 단어 자체가 '여행', '항해'라는 뜻이다. 해가 뜨는 시간, 태양을 향해 항해하는 우리는 그 자체로 밝게 빛나는 붉은 별 같았다.

'우리는 모두 각자의 자리에서 밝게 빛난다'는 표현을 참 좋아한다. 혹시라도 지금의 내 모습이 어둡고 초라해 보인다면 빛나는 시기가 다를 뿐이다. 떠오르기 전 열기구들처럼, 가장 밝게 빛나기 전이 어두운 법이다. 열기구마다 항해하는 속도가 조금씩 다른 것처럼 나의 별도 잠시 숨을 고르고 있을 뿐이라고, 너무 조바심 내지 않아도 된다고 말해 주고 싶다. 별은 모두 빛난다.

2부

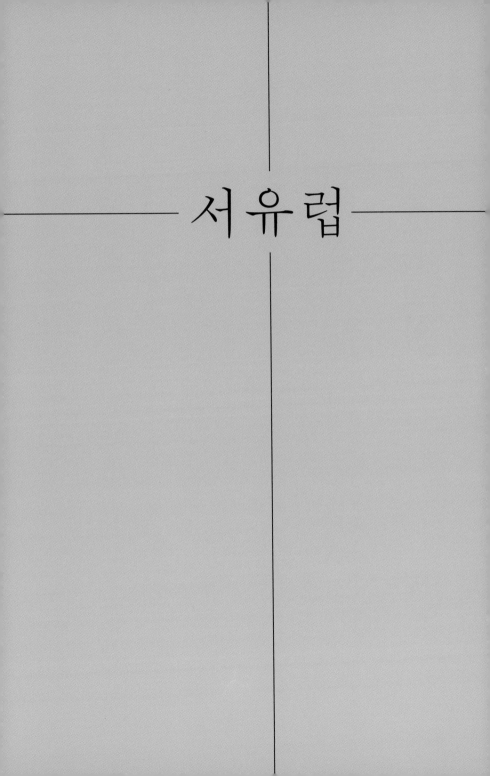

서유럽

오스트리아

1장

빈

Wien

알베르티나

학자와 음악가들이 사랑한 빈은 문화와 교양의 대명사와 같은 도시다. 베토벤, 모차르트, 슈베르트, 요한 스트라우스 2세, 브람스 등 거장들이 모두 빈을 거쳐 갔으며, 빈 소년 합창단과 빈 필하모닉 오케스트라 등 여전히 그 명성을 이어 가고 있다. 비엔나소시지나 비엔나커피에서의 비엔나 역시 이 도시의 이름을 따간 것이다.

불행하게도 나에겐 손꼽히게 고달팠던 여행지로 기억되고 있다. 몇 년 전 빈에서의 밤이었다. 여느 때처럼 열심히 돌아다닌 탓에 걸음을 뗄 때마다 배낭 무게가 더해진 피로에 짓눌리는 기분이었다. 머리를 대고 누울 수 있는 침대가 절실했지만 어디로도 갈 수가 없었다. 당시 숙소를 예약해 두지 않았었는데 알 수 없는 이유로 신용카드 결제가 되지 않았다. 한순간에 길거리에 나앉을 상황이었다. 그때 무작정 찾아갔던 곳이 알베르티나였다.

알베르티나 미술관 2층 발코니에는 한국인들이 유독 좋아하는 촬영 장소가 있다. 줄을 서서 사진을 찍는 사람들 틈 사이를 비집고 들어가서 한쪽에 상자를 깔았다. '즉석 사진 5유로!' 자존심 챙길 여력이 어디 있나, 일

Albertina
Albertinapl. 1, 1010 Wien,
오스트리아

단 생존이 우선이었다. 한국어로, 때로는 영어로 열심히 홍보하며 사람들을 끌었다. 즉석에서 촬영해 주고 태블릿으로 색 보정까지 마쳐 메일이나 아이폰의 에어드롭 기능을 이용해 사진을 전달하고 돈을 받았다. 사진을 받고 좋아하는 사람들을 보고 나름 손님이 끊이질 않았다. 그렇게 한 시간을 넘게 찍어 빈에서의 따뜻한 저녁과 숙소를 마련할 수 있었다.

타국에서 모르는 사람들의 이목을 끌어 돈을 버는 것은 쉽지 않은 일이었다. 하지만 내가 찍어 준 사진을 보고 웃음으로 화답해 주는 (물론 돈과 함께) 사람들 덕에 끝까지 즐겁게 해냈다. 그래서 몇 년 후 이곳에 다시 방문했을 땐, 다른 사람을 찍어 주는 것이 아닌 내 사진을 남기고 싶었다. 이제는 여행에 익숙해져 돌발상황이 주는 불안함은 흐릿해졌다. 오래전 첫 여행의 실수와 두려움은 어렴풋해졌지만 분명 처음은 무엇이든 서툴렀고 실수투성이였다. 순수한 방황과 약간의 두려움, 내일은 어떤 일이 일어날지 알 수 없는 낯선 세계에서 나는 더 솔직해지고 숨김이 없었다. 다시 그때로 돌아갈 순 없지만 당황스러웠던 빈에서의 스냅촬영 에피소드는 내가 온전히 여행을 즐길 수 있도록 성장하게 했다.

잘츠부르크

Salzburg

호엔 잘츠부르크성

가을에 들렀던 잘츠부르크는 공기는 쌀쌀했지만 마을 전체에 조명을 켠 듯 따뜻한 햇빛이 내리는 마을이었다. 단풍과 알록달록한 지붕들이 어우러져, 내려다보면 잘 꾸며 놓은 미니어처 세트장 같았다. 다시 여름에 재회한 잘츠부르크는 어디든 생명력 가득 찬 바람이 불어 차분하고 고요한 가을과는 달리 활기가 넘쳤다.

영화 〈사운드 오브 뮤직〉의 촬영지로 유명한 미라벨 정원을 지나 호엔 잘츠부르크성으로 향했다. 미라벨 정원은 '정원'이지만 공원처럼 사람들이 잔디밭 곳곳에 누워 여유를 즐기고 있었다. 아마 그들도 그때의 나처럼 머릿속으로 영화에 나오는 〈도레미송〉을 흥얼거리고 있었을 것이다.

호엔 잘츠부르크성의 '호엔'은 독일어로 '높다'는 뜻이다. 잘츠부르크 어디에서나 성이 보이는 이유를 이름에서 바로 찾을 수 있다. 높은 곳에 위치한 잘츠부르크성은 내가 오스트리아에서도 유독 좋아하는 곳이다. 전망대에 올라서면 아래로 보이는 탁 트인 전경이 마음속을 꽉 막고 있는 모든 것을 날려 준다. 멀리 보이는 알프

Festung Hohensalzburg
Mönchsberg 34, 5020 Salzburg,
오스트리아

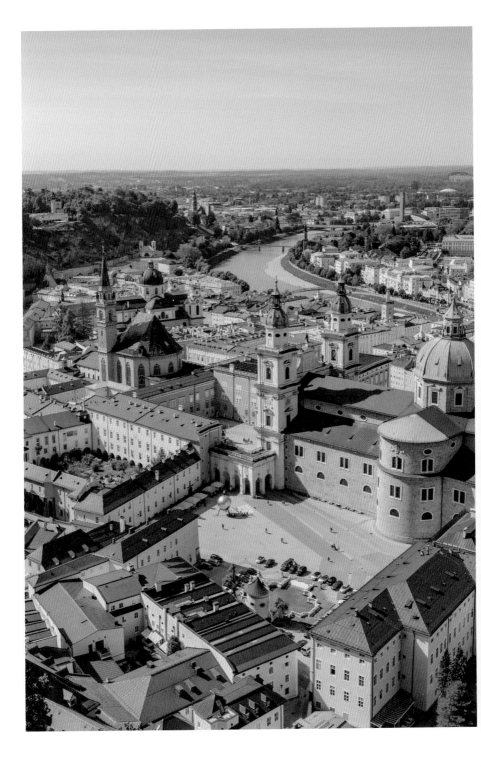

스산맥 아래로는 초록의 싱그러움이, 몸을 돌려 반대편을 바라보면 웅장한 성채와 이국적인 유럽 시내의 풍경이 있어 질리지가 않는다. 전망대이다 보니, 보통은 경치를 구경하고 한 바퀴 돌아보고 떠난다. 하지만 나는 항상 성 안채의 벤치 혹은 빈백을 찾아 낮잠을 자곤 했다. 높은 곳에서 오랫동안 함락되지 않은 호엔 잘츠부르크 성의 안락함 때문인지 정신없이 잠에 빠졌었다.

인스부르크

Innsbruck

Colourful Houses Innsbruck
Mariahilfstraße, 6020 Innsbruck,
오스트리아

인스부르크

웅장한 잘츠부르크에서 시원하게 밀어낸 마음속에, 아기자기한 동심을 꾹꾹 채워 담아 보자. 인스부르크에는 파스텔톤의 알록달록한 집들이 옹기종기 모여 있고, 골목 사이로 빨간 트램이 지나다닌다. 횡단보도까지 색색으로 칠해 놔서 무지개색 다리를 건너는 사람들을 보고 있으면 레고 놀이를 하는 기분이다. 건물 틈 사이로 알프스 산맥이 계속 보이는데, 뒤를 단단히 받치고 있는 성벽과 같은 느낌으로 인스부르크를 더 특별하게 만든다. 다니면서 보이는 산맥의 풍경이 조금씩 다르니 입맛대로 취향에 맞는 방향을 찾아보자. 보물찾기하듯 하나씩 찍어 모으다 보면 마을을 금방 둘러볼 수 있다.

스위스

2장

체르마트

Zermatt

Zermatt Chalet Annelis
Brunnmattgasse 2, 3920 Zermatt,
스위스

체르마트 샬레아넬리스

몇 년 전 '황금호른(일출시간 황금빛으로 물드는 마테호른 봉우리)'을 보지 못해 아쉬웠던 마음을 핑계 삼아 계획에도 없던 스위스로 향했다. 비싼 스위스 물가만큼이나 기대치가 높았던 걸까? 내 마음은 안중에도 없다는 듯, 체르마트에는 종일 궂은 비가 내렸다. '이렇게 또 황금 호른을 보지 못하는 건가'라는 걱정으로 잠이 오지 않아 계속 뒤척이고 있었다. 얼마 누워 있지도 못하고 답답한 마음에 몸을 일으켰다.

　새벽 세 시 숙소 발코니로 나가서 마테호른을 야속하게 바라보려던 그때, 하루 종일 찌푸렸던 이마가 놀란 눈 위로 펴지고 있었다. 하늘에 빽빽한 별빛 아래로 마테호른이 수줍게 나를 보고 있었다. 서둘러 카메라를 들고 빛나는 봉우리를 담았다. 구름이 지나가고 별똥별이 하나둘 떨어지던 그날의 황홀함을 아직도 생생하게 기억하고 있다. 다음 날 아침이 되자 쓸데없는 걱정은 모두 털어 버리라는 듯 화창하게 날이 개기 시작했다. 나 날씨요정 맞다니까!

사춘기 아이처럼 하루에도 몇 번씩이나 낯빛을 바꾸는 체르마트의 하늘은 예측할 수가 없다. 해가 기분 좋게 비치다가 순식간에 구름이 몰려오면 하늘이 그렇게 얄미울 수가 없다. 사흘 동안 마을을 오갔는데, 변덕스러운 날씨에도 웃음을 잃지 않는 사람들이 놀라웠다. 스위스 사람들은 자연 속에서 휴식을 취하며 여유를 즐기는 방법을 잘 알고 있는 듯했다. 알프스 뒷산으로 하이킹을 다니고 호수 주변을 산책하는 것이 그들에게는 아주 자연스러운 일상이었다. 일과 휴식의 균형을 중요하게 생각하고, 가족과 시간을 보내는 것에 가치를 두는 것이 당연해 보였다.

마을을 지날 때 벤치에 앉아 책을 읽고, 동네 작은 카페에 모여 앉아 도란도란 서로의 이야기를 나누는 주민들을 봤다. 보고 있으면 내가 그 찻잔을 함께 들곤 이야기에 섞여 드는 기분이라 덩달아 그들처럼 천천히 걷게 되었다. 땅에 발을 디딜 때마다 스위스의 대자연에서 배웠을 그들의 여유가 흘러들어오는 듯했다. 급하더라도 차분히 대처하는 그들의 방식을 내 삶으로도 끌어오고 싶었다.

로텐보덴

여행자들 사이에서는 맑은 하늘의 마테호른을 보려면 3대가 덕을 쌓아야 한다는 말이 있다. 평소 착하게 사는 것과 아주 조금 거리가 있어서, 구름 사이로 살짝 보이는 봉우리마저 사라질까 마음이 조급해졌다. 서둘러 숙소에서 나와 고르너그라트행 산악열차에 올랐다. 체르마트 마을은 봄을 맞이하고 있었는데, 고르너그라트에 가까워질수록 시간을 거슬러 올라가듯 점점 세상이 하얘졌다.

열차에서 내리자 눈앞에 설경이 펼쳐졌다. 짧은 하이킹 코스를 걷고 작은 언덕을 넘었다. 그때 하얀 눈밭에 물감을 한 방울 떨어뜨린 듯 강렬한 주황색이 눈에 띄었다. 스님이었다. 쉽게 시선을 돌리지 못하고 있으니 스님이 다가왔다. "사진 좀 찍어줄래?" 당연하지! 내가 부탁할 참이었는데 먼저 제안해 주다니. 올라가는 입꼬리에 연신 힘을 주어 평정심을 유지하려 애썼다. 스리랑카에서 온 스님은 어머니와 함께 여행 중이라고 했다. 하얀 봉우리 위에서 담은 스님의 모습이 인상적이었다. 이렇게 고르너그라트에서 강렬한 추억을 하나 새겼다.

Rotenboden
스위스 3920 체르마트

체르마트 마테호른 전망대

결국 체르마트에서 기대했던 황금호른은 보지 못했다. 생크림 같은 구름이 살짝 묻어 있긴 했지만, 그 정도의 마테호른을 본 것으로도 이번 스위스는 만족스러웠다. 마지막 날 아쉬움을 달래듯 저녁 무렵 전망대에서 바라본 체르마트는 따뜻한 눈길로 나를 바라보았다. 거칠고 시린 봉우리 아래로 하나둘씩 주황빛 불이 켜지는 작은 집들을 바라보면서, 집 안에서 소담한 시간을 보내고 있을 마을의 가족들을 상상했다. 저들도 매일 아침 마테호른을 살필까? 황금호른도 그들에겐 일상의 한 자락일 뿐일까? 언젠가는 이른 아침 눈이 소복하게 쌓인 마을 위로 당당히 빛나는 황금색 마테호른을 마주하기를 기대한다.

Matterhorn Observatory
Mürini, 3920 Zermatt, 스위스

4년 만에 성공한 나의 황금호른

새벽 5시, 마테호른을 보기 위해 체르마트 숙소에서 나왔다. 멀리서 바라본 마테호른은 이번에도 나에게 쉽게 허락하지 않겠다는 듯, 구름에 가려 보이지 않았다. 하늘에 가득 찬 구름처럼 실망감이 몰려왔다. 감정에 앞서 마음이 체하는 것은 싫지만, 의심은 본질을 흐리게 한다. 시도조차 해 보지 않고 후회하는 것보다 실패하더라도 해 보는 것이 더 낫다는 것을 잘 알기에 야속한 마음을 한 모금 삼키고, '못 먹어도 고'. 승차장으로 향했다.

너무 많이 알아도 독이 될 때가 있어 가끔은 정보에 따르기보다는 운에 맡겨야 할 때가 있다. 그리고 거짓말처럼 열차를 타고 올라가는 동안 구름이 걷혔다. 보랏빛 여명 아래로 봉우리가 보이기 시작하자 심장이 빠르게 뛰기 시작했다. 열차에서 내리자마자 마테호른을 향해 숨이 벅차도록 뛰어올랐다. 가슴이 터질듯한 채로 정상에서 마주한 풍경은 내가 기대했던 당당히 빛나는 황금색 마테호른 그 자체였다. 세 번이나 체르마트를 방문할 만한 가치가 있었다.

누군가에겐 일상의 한 자락처럼 스치고 지나갈 수 있는 풍경이지만, 몇 번의 도전 끝에 얻었기에 내게는 더 소중하게 다가왔다.

인터라켄

Interlaken

스피츠

블라우제로 떠나기 위해 경유지인 스피츠역에 들렀다. 스위스 여행의 시작이라는 인터라켄역에는 양옆으로 튠 호수와 브리엔츠 호수가 날개처럼 자리하고 있다. 이 튠 호수의 중심부에 위치하고 있는 곳이 바로 스피츠역이다. 맑은 하늘에는 어김없이 뜨거운 태양이 함께했다. 빛으로 만든 화살을 쉼 없이 쏘아대는 탓에 정신을 차리기가 힘들었다. 매점에 들러 물을 두 병이나 들이키고 나서야 스피츠성과 함께 튠 호수가 눈에 들어왔다.

　스위스의 매력은 모든 도시가 자연 아래 펼쳐진다는 점에 있다. 어딜 가나 먼저 와 자리하고 있는 웅장한 산맥, 그 아래 넓게 펼쳐진 푸른 들판과 호수, 어딘가 오밀조밀 모여 앉은 집들까지. 동화 같은 마을을 만날 때마다 몸과 마음에 새로운 공기를 채워 넣었다. 삼십 분이 채 되지 않는 짧은 경유인 탓에 멀리 마을이 작아질 때까지 아쉬운 마음에 뒤를 계속 돌아보았다.

Spiez
Schlossstrasse 16, 3700 Spiez, 스위스

프루티젠

에메랄드빛 호수로 유명한 블라우제에 가려면 프루티젠역에서 삼십 분 정도 마을버스를 타고 들어가야 한다. 창밖으로 초록이 가득한 들판이 이어졌다. 소들이 천천히 풀을 뜯으며 돌아다니는 모습을 보면 내 시간도 평온하게 흐르는 듯했다. 여행을 하면서도 바쁜 일정에 쫓기던 내게, 오롯이 순간에 몰두할 수 있었던 여유가 굉장히 소중했다. 달리는 버스였지만 빠르게 지나가는 것이 하나도 없었다. 그 풍경 속에서 행복이란 단어를 떠올렸다. 잠시 잊고 지냈던 여행의 본질을 되찾는 순간이었다.

모든 순간을 경험하고 즐기기 위해 여행을 택한 것이었는데, 일정에 쫓겨 스스로를 지치게 만들고 있었다. 돌아가는 길엔 버스에서 보았던 그 풍경 속에 있고 싶어 한 시간 넘게 걸으며 풀 냄새를 원 없이 들이켰다. 바쁜 와중 여유를 되찾아오는 것도 결국 나의 선택으로 가능해진다.

Frutigen
3714 Frutigen, 스위스

블라우제

블라우제가 요정의 호수로 불리는 데는 그럴 만한 이유가 있다. 블라우제는 가을에 단풍 진 풍경이 유명하다. 마치 세상의 모든 색으로 호수를 꾸며 놓은 것 같다고 한다. 내가 찾은 블라우제는 초록빛 둥지에 쌓여 있었다. 에메랄드 물빛의 호수를 짙은 녹음으로 예쁘게 둘러놨는데, 인적이 드문 새벽 요정이 찾아올 것만 같은 풍경이었다. 호수의 푸른 물은 하나의 춤사위처럼 우아하게 움직이며 마음을 사로잡는 힘이 있었다. 환하게 빛나는 낮의 블라우제에는 요정은 없었지만 해맑은 아이들이 있었다. 열심히 뛰어다니는 발을 눈으로 쫓다 보니 나도 모르게 그들을 따라 웃고 있었다. 단색으로도 이렇게 아름다운데 알록달록한 블라우제는 얼마나 아름다울까. 요정들이 열심히 나뭇잎을 칠하는 모습을 상상하며 다시 블라우제를 찾을 궁리를 했다.

Blausee
3717 Kandergrund, 스위스

바흐알프제

해외여행을 가면 낯선 풍경을 마주하고 싶어 일부러 더 걸어 다니게 된다. 그런 의미에서 여름의 스위스는 더없이 걷기 좋은 곳이다. 그린델발트에서 삼십 분 동안 곤돌라를 타고 피르스트역에 도착해서 완만한 경사로를 따라 한 시간을 더 걸어간다. 맑게 빛나는 잔디밭과 슈렉호른 사이로 드디어 바흐알프제가 보인다.

에메랄드를 가루 내어 물에 푼 것처럼 빛나는 호수였다. 한편에 자리하고 앉아 둘러보니 호수 주변으로 몽글몽글하게 하얀 꽃들이 피어 있었다. 호수 옆에서 쉬려고 땅에 내려앉은 구름 조각들 같았다. 그렇게 생각하니 앉은 자리가 더 푹신하게 느껴져 잠시 등을 대고 누웠다. 호수를 넓게 펼쳐 놓은 듯 하늘도 파랗게 빛나 잠시 내가 있던 세상을 잊게 만든다.

Bachalpsee
스위스 3818 그린델발트

몽트뢰

Montreux

몽트뢰

우리들의 영원한 QUEEN, 프레디 머큐리가 사랑했던 몽트뢰 첫 방문은 지독하게 더운 날이었다. 도로의 아스팔트까지 끓는 듯한 더위를 느끼며 힘겹게 걸었다. 그는 과연 이 더위까지도 사랑했을까? 원망의 소리마저 나오려 할 때, 나무 사이로 보이는 레만 호수에 다다랐다. 그제야 왜 프레디 머큐리가 몽트뢰를 가장 사랑했다고 했는지 이해할 수 있었다. 사람들은 호숫가에서 아무렇게나 몸을 던져 여유를 부리고 있었다. 나는 그런 그들을 보며 더위를 씻어 내렸다. 그림처럼 늘어진 나무 그늘 아래 노천에서 식사를 즐기는 사람들도 있었다. 햇빛이 얼마나 뜨거운지는 그들에게 중요해 보이지 않았다.

몽트뢰에 방문한 사람들은 여전히 프레디 머큐리 동상 앞에서 그를 기억하고 그리워했다. 그가 떠난 지 30년이 더 지났지만, 사람들은 아직도 그를 추억하고, 울고 웃으며 영감을 얻는다. 퀸의 노래를 플레이리스트에 채워 넣으며, 몽트뢰에서 휴가를 즐기는 프레디 머큐리를 상상해 보았다.

Montreux
1820 Montreux, 스위스

로잔

Lausanne

팔뤼 광장

스위스를 떠나기가 아쉬워 레만 호수를 다른 곳에서 볼 수 있는 작은 도시를 찾아냈다. 몽트뢰에서 기차를 타고 이십 분이면 갈 수 있는 로잔은 레만 호수의 가장 중심부에 있는 올림픽의 도시다. 시간이 부족해 올림픽 박물관은 가지 못했고, 가장 볼거리가 많다는 구시가지로 곧장 향했다. 각진 건물들 사이 좁은 골목길을 따라 들어가자 정의의 여신상이 내려다보는 팔뤼 광장에 도착했다. 귀여운 아이가 그 아래에서 당당히 포즈를 취하고 있었는데, 여신이 세상에 내린 아기천사처럼 사랑스러웠다. 팔뤼의 여신상은 다른 정의의 여신상과 달리 안대 아래로 눈이 살짝 보인다. 이는 원칙은 지키되 사람을 보겠다는 의미가 있다고 한다.

Place de la Palud
Pl. de la Palud 1, 1003 Lausanne,
스위스

로잔 성당

로잔 성당으로 가려면 오래된 목조계단인 마르쉐 계단을 올라야 한다. 꽤나 가파르고 긴 마르쉐 계단을 올라가야만 로잔 성당을 만날 수 있다. 성당엔 혼자 조용히 기도하는 남자가 있었다. 한참을 앞만 보던 그는 어떤 마음으로 그곳에 앉아 있었을까.

Lausanne Cathedral
Pl. de la Cathédrale 1, 1005 Lausanne,
스위스

홀로지 플레리 공원

레만 호수는 스위스인은 물론이고 유럽사람들에게도 유명한 휴양지다. 중세시대의 작은 고성처럼 지어 놓은 모텔을 중심으로 나무가 심어진 홀로지 플레리 공원에는 휴가를 즐기는 사람들이 가득했다. 호수에서 수영을 즐길 수 있도록 시설이 갖춰져 있어 수영복을 입은 사람들이 호수에 뛰어들거나 자리를 깔고 누워 있었다. 자동차 모양의 귀여운 고무 보트도 있었는데, 한국에 가져가고 싶을 만큼 귀여워 한참을 쳐다보았다. 아이, 어른 할 것 없이 모두 여름을 한껏 즐기고 있었다. 그곳에서는 수영복이 없는 내가 가장 불행한 사람처럼 느껴졌다.

L'horloge fleurie
Quai Jean-Pascal Delamuraz,
1006 Lausanne, 스위스

독일

3장

본

Bonn

헤어슈트라세

본은 4월의 겹벚꽃이 유명한 곳이다. '독일' 하면 대부분 베를린이나 뮌헨 같은 대도시를 떠올리기 마련이다. 본은 그런 큰 도시의 분주함과는 거리가 먼 매력적인 여행지다. 이미 본에 다녀온 지인은 '본은 하루면 충분하다'고 일러 주었지만, 하루로 충분하다던 그 작은 마을에서 무려 나흘을 보냈다. 여행 명소 도장 깨기처럼 '나 여기 다녀왔다'고 인증하기 위함이 아니었다. 분홍색으로 물든 작은 거리에서 내 마음 역시 분홍으로 흠뻑 물들 수 있을 만큼의 시간을 보내고 왔다.

첫째 날, 탐험가처럼 거리를 구석구석 관찰하며 다녔다. 풍성한 분홍색 구름이 피어난 골목을 둘러보며, 도대체 이 작은 거리가 왜 사람들에게 사랑받는지 하나하나 뜯어보았다. 지구 반대편까지 소문난 본의 벚꽃에는 사람 냄새가 묻어 있었다. 누구든 쉬었다 갈 수 있도록 활짝 열려 있는 카페의 음악 소리, 음식점에서 새어 나오는 고소한 버터 향의 파스타 냄새, 그리고 달짝지근한 커피 향까지. 쉼 없이 다가오는 낭만이 오감을 충족시켜 주었다.

Heerstrabe
Heerstraße 77,
53111 Bonn, 독일

둘째 날, 햇살이 거리로 내리기 전 이른 새벽녘에 숙소를 나섰다. 사람들로 북적이는 거리가 아닌 그 거리만의 색이 보고 싶었다. 어제와는 다르게 인적이 드문 골목의 고요한 무채색 벚꽃길을 마주할 수 있었다. 아침 운동을 하거나 반려동물과 산책 나온 주민들이 종종 오가며 빈 골목에 생기를 만들어 주었다. 무색무취의 적막이 만들어 낸 차분함이 어제와는 다른 새로운 느낌에 발걸음이 달라졌다.

셋째 날은 더 이상 골목을 돌아다니지 않았다. 우두커니 관찰자가 되어 사람들을 기록했다. 모든 피사체가 날 위해 움직이는 듯했다. 시각에 예민해져서 장면들이 느리게 움직이고, 사람들의 표정과 그들이 풍기는 감정이 더 크게 와닿았다. 떨어지는 벚꽃잎을 잡듯이 조심스럽게 그들을 마주하며 행복한 순간들을 담았다. 망울 터지듯 만개하는 아이들의 웃음, 오래된 벚나무 기둥만큼이나 단단해 보이는 노부부의 사랑, 드리운 분홍 그림자만큼 따뜻한 가족들의 포옹. 봄으로 가득 채운 사람들로 하여금 내게도 행복함이 전염되는 날이었다.

마지막 날엔 해가 질 때쯤 여유롭게 거리를 거닐었다. 그동안 놓친 것들은 없었나 마지막 한 조각까지 가득 담기 위해 거리를 훑었다. 가볍게 한 바퀴를 돌고 작은 카페 테라스에 앉아 커피를 한 잔 시켰다. 커피 잔 속으로 분홍빛이 일렁였다. 테라스를 지나치는 사람들의 얼굴에도 옅은 분홍색이 엊혀 있었다. 겹벚꽃 때문인지, 봄기운에 취해서인지 모두 수줍은 얼굴색을 하고 걸어 다녔다. 아무리 봐도 하루로는 모자란 여행지다. 내리 사흘을 거리에서 보냈는데도 마지막 날이 되어서야 모든 풍경이 조화로워 보였다.

우리가 벚꽃을 좋아하는 이유는 가장 아름답고 찬란한 시간이 한정적이라는 것을 알기 때문일지도 모르겠다. 추위 끝에 봄의 시작을 알리며 온 거리에 꽃을 피우다가도, 끝이 오면 꽃잎들을 흩날리며 조용히 물러난다. 그 짧은 순간에 우리는 최선을 다해서 마음을 봄으로 물들인다. 시샘하는 추위에 지고, 봄비에 젖어 떨어지고, 바람에 날려 흩어지는 꽃길을 걸으며 다음 봄을 기대한다.
　　벚꽃잎 비친 커피를 마시며 당신들을 생각했다. 가지를 뻗어 맞잡아 찬란하게 피고 지고, 우리 인연도 다르지 않겠단 생각이 들었다. 저마다의 계절이 다르기에 우리가 서로의 봄에 서서 마음이 동한 것은 기적이었다. 언젠간 질 걸 알고 있는 분홍빛 마음이래도 그 자리를 대신할 초록 잎엔 또 다른 의미가 있을 것이다. 다 져버린 가지라도 다음 꽃 필 자리이기에 그걸로 충분하다. 피고 지기를 두려워 말고 내 눈앞에 벚꽃이 만개해 있다면 주저 말고 그때를 마음껏 향유하길 바란다.

나흘간 다른 시간대에 헤어슈트라세를 걸었다. 진정한 모습은 시간을 들여 천천히 바라볼 때 비로소 드러난다는 사실을 다시금 느꼈다. 햇빛 아래 분홍색으로 반짝이는 벚꽃이지만, 빛이 닿지 않는 새벽에는 은은한 푸른색으로, 밤에는 맑은 흰색으로 보이기도 했다. 다시 걸어보지 않았으면 나는 분홍색 헤어슈트라세만을 그릴 수 있었을 것이다. 내가 바라볼 수 있는 시선이 굉장히 제한적일 수 있겠다고 느껴졌다.

인간관계에서도 급하고 단편적인 판단은 사람을 편협하게 만든다. 서두르지 않고 여지를 두어 상대에 대한 이해가 가능해질 때, 비로소 상대를 올바로 바라볼 수 있다. 많은 연습이 필요하겠지만, 이 사실을 알게 된 것만으로도 나는 조금 더 깊고 넓게 바라볼 준비가 되었는지도 모르겠다.

뮌헨

München

유독 심적으로 힘든 날이었다. 누군가는 자유로운 여행자 주제에 배부른 소리라 할 수 있겠지만, 알 수 없는 불편함이 마음을 쿡쿡 찔러대고 있었다.

작은 마을 본을 떠나 뮌헨으로 향했다. 5월의 뮌헨은 여행자들의 산뜻한 발걸음을 허락하지 않는다는 듯 뜨거운 열기를 내리쬐었다. 도시의 사람들은 나름의 방법으로 이 더위를 즐기고 있었다. 마침 축구 경기가 있는 날이었는지 도심 성당 앞 광장은 떠들썩하게 사람들로 인산인해를 이뤘다. 어린이부터 젊은 청년, 노인 할 것 없이 더위라는 감각을 잊은 듯 모두 상의를 벗어 던지고 응원가를 부르짖으며 거리를 누볐다. 작은 시골 마을에서의 나흘 동안 금세 시골 쥐가 되었는지 한시라도 빨리 붐비는 광장에서 벗어나고 싶었다. 복잡한 것들로 꽉 들어찬 머리통과 어깨 위 커다란 배낭에 짓눌리고 있는 여행자에게 뜨거운 날 인파에 치이는 일은 기피하고 싶은 상황 1순위였다.

뮌헨 영국정원

시끌벅적한 시내를 벗어나 한적한 방향으로 걸었다. 드문드문 잔디들이 보이기 시작했고, 저 멀리 공원을 가로지르는 큰 수로에 사람들이 모여 있었다. 또 다른 인파를 만날 생각에 머리가 지끈거렸지만, 도대체 수로에서 뭘 하느라 이렇게 함성이 들리는지 궁금했다. 가까이 가보니 사람들이 서핑을 즐기고 있었다. 도심 한가운데 공원에서! 알고 보니 뮌헨 영국정원은 서핑의 성지였다. 인공수로를 막아 만든 급류로 사계절 내내 전 세계에서 온 서퍼들로 붐비며 대회까지 개최된다고 한다. 잠시나마 바다에 와 있는 기분으로 묘기를 부리는 서퍼들을 넋 놓고 바라보았다. 복잡했던 감정들이 가장자리부터 보드 끝 물살에 씻겨 내려가는 기분이었다.

Englischer garten
Gyßlingstraße 15, 80805 München, 독일

님펜부르크 궁전

아직 풀리지 않은 마음으로 님펜부르크 궁전의 호숫가에 도착하자 새하얀 백조 떼가 물을 가르며 지나가고 있었다. 잔잔한 호수를 무대로 윤슬이 조명처럼 반짝이자 백조들의 우아한 몸짓이 한층 더 빛을 발했다. 자연의 공연을 보고 있으니 수면 아래 보이지 않는 곳으로 생각이 향했다. 미운 오리가 부러워했을 고고한 자태 아래로는 쉼 없이 헤엄치는 발들이 있었다. 누군가에겐 부러울 수도 있는 자유로운 여행자인데, 스스로는 왜 그렇게 불안하고 불편한 마음이었을까? 퇴사 후 아무 계획도 없이 떠났던 여행은 내가 의식하지 못하는 사이 야금야금 불안을 키워 내 마음을 좀먹고 있었다. 모처럼의 긴 여행을 온전히 즐기지 못하던 내 모습이 못내 마음에 들지 않았는지 친구가 한마디 툭 던졌다.

"안 떠나고 한국에 있었어도 네 성격에 고민이 잘도 없었겠다. 안 그러냐?"

Schlosspark Nymphenburg
Neuhausen-Nymphenburg,
80638 München, 독일

꽉 막힌 머리통 속을 화살이 뚫고 지나간 기분이었다. 아마 한국에 있었더라도 또 다른 고민을 덕지덕지 붙여 지끈거리는 머리를 부여잡고 있었을 것이다. 떠나기로 선택한 이상, 그에 따른 책임 역시 내가 기꺼이 즐겨야 할 부분이라는 걸 잊고 있었다. 백조의 발길질을 상상하며 어느 정도 생각을 정리하고 나자 이제 막 도착한 여행지인 듯 눈앞이 트이기 시작했다. 언제든 나를 이곳으로 되돌려줄 추억이 될 풍경들, 다시 붙잡을 수 없는 소중한 순간들이 아쉬워서 조바심이 날 정도였다. 어른이 되어 가면서 잊지 말아야 할 것들을 종종 잊어버릴 때가 있다. 님펜부르크에서 보낸 하루는 내게 어떤 마음가짐으로 여행을 다녀야 하는지, 소중한 것을 상기시켰다.

드레스덴

Dresden

알트마르크트 광장

프라하 여행을 할 때면 항상 드레스덴에 다녀오곤 했다. 무슨 뜬금없는 프라하 이야기인가 싶겠지만, 독일 남부의 드레스덴은 체코에서 플릭스 버스를 타고 두 시간이면 도착할 수 있어 뚜벅이 여행자들에게 인기 있는 당일치기 여행지다.

역에 도착해서 바로 알트마르크트 광장으로 향했다. 노점에서 커리부어스트와 맥주 한 잔을 사 들고 분수대에 앉았다. 맥주를 마시며 사람들을 구경하다 보면 무언가 더 하지 않아도 배가, 마음이 부르다. 현란한 손동작으로 크고 작은 비눗방울을 만드는 아저씨는 피리 부는 사나이처럼 아이들을 끌어모았다. 깡충 뛰어 비눗방울을 터뜨리려 애쓰는 아이들의 웃음이 무지갯빛으로 날렸다. 크로이츠 교회 앞에 줄을 서서 담소를 나누는 할머니들은 첫사랑 이야기라도 하는지 소녀처럼 웃으신다. 내가 상상하던 유럽의 모든 아기자기함이 드레스덴에 있었다.

Altmarkt
Altmarkt, 01067 Dresden,
독일

군주의 행렬

적당히 눈을 채우고 '군주의 행렬' 벽화를 따라 츠빙거 궁전으로 향했다. 노란색 노면전차가 오가는 길을 따라 가볍게 한 바퀴 걷다 보면 다시 숙소가 있는 프라하로 돌아갈 시간이 찾아온다. 언젠가 겨울에 유럽을 여행할 일이 생긴다면, 그때는 꼭 드레스덴에 머무르며 크리스마스 마켓을 구경하고 싶다. 교회 옥상에 올라가 하얗게 눈 쌓인 지붕들 사이의 알트마르크트 광장을 내려다보면, 꿈꾸던 풍경이 노랗게 빛나고 있을 것이다. 반짝이며 돌아가는 회전목마와 관람차, 까만 밤하늘을 찌르고 있을 거대한 트리, 붉은 마켓 지붕들 사이로 상기된 뺨을 감싸며 걷고 있는 사람들. 그들의 들뜬 웃음소리가 공중에 노랗게 박힌 알전구들을 넘어 옥상까지 울릴 것이다. 언 손을 녹이며 그 풍경을 내 눈으로 바라볼 수 있을 때, 나의 드레스덴이 완성될 듯하다.

Fürstenzug
Augustusstraße 1, 01067 Dresden, 독일

네덜란드

4장

암스테르담

Amsterdam

암스테르담

암스테르담은 높고 낮은 건물들이 강을 따라 이어져 있는데, 들쭉날쭉 높이가 제멋대로다. 그럼에도 불규칙성이 하나의 패턴이 되어 하늘과 균형을 이루고 있었다. 네덜란드는 도박과 성, 대마 등 많은 부분에서 개방적인 곳이다. 구시가지를 지나다니다 보면 사창가임을 알 수 있는 네온사인이 당당히 번쩍거리고, 음식점 옆으로 대마를 판매하는 머시룸숍을 어렵지 않게 볼 수 있다.

우리에게는 혼란과 무질서에 가까운 느낌의 단어들이지만, 이곳 사람들은 그 안에서 그들만의 규칙과 질서를 이루고 살아간다. 큰 틀을 유지하되 그 안에서 각각의 자유로움을 느낄 수 있는 도시. 모든 게 신선한 충격으로 다가온 암스테르담의 첫인상은 '자유로움 혹은 불규칙'이었다.

Amsterdam
Stationsplein, 1012 AB Amsterdam,
네덜란드

쾨켄호프

함께 여행하던 친구가 이따금 황소처럼 고집을 부릴 때
가 있었다. 네덜란드의 튤립 축제가 그중 하나였는데 처
음엔 크게 끌리지 않았다. "아니, 튤립 하나 보려고 네덜
란드까지 가자고? 튤립은 에버랜드만 가도 실컷 볼 수
있잖아!"라고 했지만 친구의 마음은 이미 튤립밭 한가운
데 가 있는 듯했다. 나도 고집을 부려 따로 다닐 수도 있
었지만 친구의 얘기를 듣고 나니 귀가 팔랑였다. 내심
못 이기는 척하며 우리는 네덜란드로 향했다.

　암스테르담 시내에서 버스를 타고 쾨켄호프 공원까
지 한 시간 정도를 달려가며 튤립밭에 대한 환상을 키우
고 있었다. 아닌 척 약간의 기대감으로 마주한 쾨켄호프
공원은 생각하던 것 그대로였다. 그러니까 네덜란드에서
보는 에버랜드 튤립 축제의 풍경이었다.

　사실 공원 내부보다 공원 일대에 끝없이 펼쳐진 드
넓은 튤립밭을 기대했지만, 시기가 약간 일렀던 건지 원
하던 풍경이 아니었다. 마치 뜸이 덜 든 밥처럼, 먹지 못
할 만큼은 아니지만 맛있게 먹기는 힘든 그런 아쉬움이
었다.

Keukenhof
Stationsweg 166A, 2161 AM Lisse,
네덜란드

이왕 온 거 독일 본에서 배운 마음가짐으로 우리 나름의 튤립밭을 즐기기로 했다. 공원 길을 따라 슬슬 걷다 보니 사방에 옹기종기 붙어 앉은 튤립 봉우리들이 눈에 가득 들어찼다. 튤립에서 튤립으로 끊임없이 눈을 옮기다 보니 쾨켄호프에 꽃이 피면 유럽에 봄이 온다는 말이 왜 생겼는지 알 것 같았다. 공원에는 800여 종의 튤립이 있다고 했다. 나는 섬세하지 못해 하나하나 다 구분할 순 없었지만 압도적으로 다양한 튤립이 있다는 것은 알 수 있었다. 짙게 깔린 초록색 위로 물감을 여기저기 진하게 짜 놓은 듯했다. 튤립이 워낙 화려하고 다채로운 색을 가져 강렬한 대비가 인상적이었다. 모두 만개했을 때 보면 느낌이 달랐을 수도 있다. 하지만 두 손을 모아 오므린 듯한 귀여운 튤립 봉오리가 매력적이라 그대로도 즐길 만했다. 튤립의 대명사인 네덜란드 쾨켄호프에 처음 발을 디딘 것에 만족하기로 했다.

잔세스칸스

Zaanse Schans
Zeilenmakerspad 8, 1509 BZ Zaandam,
네덜란드

잔세스칸스

네덜란드를 생각했을 때 사람들이 떠올리는 풍경은 거의 비슷할 것이다. 맑고 파란 하늘 아래 예쁜 풍차가 있고 하얀 양 몇 마리가 서 있는 장면을 상상했다면 말이다. 내가 찾던 그 네덜란드가 잔세스칸스에 있었다. 그림 같은 집들로 이루어진 소담한 마을이었다. 초원에는 풍차가 비치는 시냇물 사이로 양들이 풀을 뜯고 있었다.

빵모자를 쓰고 작은 벽돌길을 걷고 있으니 마을의 목동이 된 것 같았다. 가볍게 한 바퀴 둘러보고 마을에 있는 치즈 가게로 향했다. 가게는 어린 양의 젖으로 만든 수제 치즈가 유명했다. 유제품인데도 멸균처리를 해 공항 내 반입이 가능해 기념품으로 많이들 사 갔다. 여행 일정이 한참 남아 구매를 망설였지만, 한 조각 맛보자 사지 않을 수 없었다. 그날 저녁, 우리는 암스테르담에 돌아와 잔세스칸스에서 사 온 트러플 치즈와 와인을 먹었다. 사지 않고 떠났더라면 글을 쓰는 지금까지 후회했을지도 모른다. 그때의 치즈를 떠올리기만 해도 입안에서 고소한 향이 퍼지는 느낌이 드니까. 잊지 말자, 잔세스칸스는 무조건 치즈다!

잔담

잔담은 암스테르담과 잔세스칸스 사이에 있는 소도시다. 역에서 내려 도시를 휘 둘러보면 마치 레고 마을에 도착한 듯한 느낌을 받을 수 있다. 진한 청록색 지붕들이 뾰족하게 솟아 있는데 사진으로 보면 굉장히 앙증맞아 보인다. 하지만 실제로는 건물들이 꽤 커서 내가 레고 피규어가 되어 도심을 걸어 다니는 기분이었다. 기차역 근처에 볼 만한 곳은 인텔 호텔로 잔담에서 가장 유명하다. 굳이 설명하지 않아도 한눈에 알아볼 수 있을 것이다. 볼거리가 많은 도시는 아니지만, 건축물에 관심이 있고 직접 레고 마을을 눈으로 보고 싶다면 가볍게 방문해 보기를 추천한다.

Zaandam
Provincialeweg 102,
1506 MD Zaandam,
네덜란드

프랑스

5장

니스

Nice

3년 전, 파리에 다녀왔다. 센강에 걸터앉아 커피를 마시고, 해 질 녘 몽마르트르 언덕에서 선셋(어쩐지 일몰이라 표현하면 안 될 것 같다)을 바라봤다. 저녁엔 에펠탑 앞에 앉아 청혼하는 커플을 구경하며 와인을 마셨다. 살짝 오른 취기로 낯선 사람들과 여러 이야기를 나눴다. 분명히 아름다운 모습들이었지만, 어째서인지 파리를 다시 찾을 일이 없었다. 어쭙잖게 다녀온 한 번의 파리보다 어쩌다 다시 다녀온 두 번의 남프랑스를 보여 주는 게 더 낫다고 생각했다. 어쩌면 '프랑스=파리'라는 예상을 벗어나고 싶은 작은 반항 심리이기도 하다.

오페라 플라쥬

'남프랑스' 하면 바로 니스가 떠오를 것이다. 5월에 방문한 니스는 차분한 분위기였다. 한여름 니스도 겪어 봤으므로 성수기와 비수기가 주는 느낌의 차이가 확실히 와 닿았다. 여행지는 유명한 시즌에 가야 하는 이유가 있다고 말하고 다니지만, 5월의 니스는 예외로 치고 싶다. 약간 흐렸음에도 마음에 들었던 니스의 첫인상은 따뜻한 푸른색이었다. 완전히 뜨겁거나 차지 않았다. 절정보다 조금 일렀던 그 계절을 가장 잘 표현할 수 있는 말이다.

Plage publique de l'opera
Quai des États-Unis, 06300 Nice, 프랑스

살레야 마켓

바다에서 잠시 눈을 돌리고 싶다면 살레야 마켓을 둘러보길 추천한다. 바닷가에서 나와 한 블록 안쪽으로 걷다보면 해안과는 또 다른 느낌의 거리가 펼쳐진다. 유럽 여행에서 종종 볼 수 있는 지역 전통시장 같은 곳이다.

물건을 파는 사람들, 구경하고 흥정하는 사람들로 생동감이 넘쳤다. 요일과 시간에 따라 채소, 과일, 골동품, 수공예품 등 판매하는 물건과 상점이 변하기 때문에 여러 번 방문해도 지루하지 않은 장소다. 둘러보다 풀꽃향이 나는 자그마한 방향제를 사 왔다. 시간이 지나 지금은 아무 향기도 나지 않지만, 가만 보고 있으면 기억 속 살레야 마켓의 냄새가 섞여 나는 것만 같다. 값비싸고 거창하지 않아도 여행했던 순간을 담아 추억할 수 있다면 그것이 진정한 '기념품'이 아닐까 싶다. 오래되어도 다시 꺼내 보면 행복했던 기억을 생생히 불러일으킨다.

Marché Aux Fleurs-Cours Saleya
Cr Saleya, 06300 Nice, 프랑스

프롬나드 뒤 빠이용

'아이와 여행하기 좋아요' 하고 공유되는 여행 정보라도 있는 걸까? 유독 가족 여행객이 많은 공원이었다. 아마 공원의 분수가 한몫한 듯하다. 마세나 광장 뒤편 공원에는 아이들이 웃으며 물기둥 사이를 뛰어다녔고, 어릴 때로 돌아간 듯 아이들과 함께 분수를 즐기는 사람들이 있었다. 관광지 특유의 분위기와 여행이란 행위가 북돋워주는 생동감, 순간을 즐기게 하는 천진난만함, 나이와 상관없이 얼굴에 차올라 있던 사람들의 감정이 나를 상기시켰다. 그 순수함 속으로 뛰어들고 싶었지만, 소중한 카메라가 더 신경 쓰이는 현실과 타협해 동심을 그대로 담아내는 쪽을 택했다. 아무 생각 말고 그 순간을 온전히 즐기는 것. 생각보다 동심을 찾는 것은 어려운 일이 아닐지도 모르겠다.

Promenade du Paillon
Plassa Carlou Aubert, 06300 Nice, 프랑스

벨란다 타워 전망대

한여름, 해가 지는 니스는 그저 정열적이고 뜨거웠다고 표현하고 싶다. 눈에 담기는 모든 풍경이 해가 내리는 촬영장의 스틸컷 같았다. 모두가 영화 속의 인물들처럼 움직였다. '골든 니스'라는 제목으로 열린 거대한 촬영장이었다. 다양한 피부색에 금빛을 덧입히자 모든 이가 같은 색으로 빛났다. 빛을 받은 머리칼이 작은 파도처럼 살랑이듯 흘러내려 아름다웠다. 비현실적인 색으로 가득 채워진 파도가 밀려 들어와 어떤 풍경보다도 황홀했던 골든 니스. 그 순간에 함께했음을 진심으로 감사하며.

Bellanda Tower
Parc du Château Escalier,
Mnt Lesage, 06300 Nice,
프랑스

마세나 광장

니스를 떠나기 전, 마지막 날 저녁에 마세나 광장을 걸었다. 아직 남은 석양빛이 보랏빛 어둠에 밀려나고 있었다. 하늘 꼭대기에서부터 사람들의 발끝까지 이어지는 여명이 미술관에 커다랗게 걸려 있는 그림 같았다. 해가 진 뒤, 도시는 보란 듯이 주황으로 더 밝게 빛났다. 사람들은 식어 가는 햇살의 열기를 이어받아 거리를 분주히 걸어 다녔다. 마세나 광장은 니스를 여행하면 자연스레 몇 번씩 지나가게 되는 곳이다. 그렇기에 니스를 마무리하기에 최적의 장소였다.

사람들 속에서 나 역시도 바쁘게 걸어 다닌 지난 며칠을 떠올려 보았다. 마지막 밤은 항상 아쉬움이 남는다. 후회가 아니라, 언제 다시 와볼 수 있을까 싶어 기억을 되감아 보는 시간이 필요하다. 바다를 힘껏 즐기던 사람들, 반짝이는 파도와 부서지는 웃음소리들, 금빛 축복 속의 도시 모두 니스의 모습이었다. 언젠가 다시 보게 될 날을 기대하며. 안녕, 니스.

Place Masséna
Plassa Carlou Aubert,
06000 Nice, 프랑스

갼델

카프다일

니스 옆 에제로 가기 위해 일행들과 기차에 올랐다. 모두 피곤했던 탓에 잠들었다가 허둥지둥 내리고 보니 한 번도 들어보지 못한 역에 있었다. 우리는 멍한 표정으로 서로를 한 번씩 쳐다보곤, 마법의 문장 "이게 여행이지."를 말하며 머쓱하게 웃었다. 원래부터 그곳이 우리의 목적지였던 것처럼 부정적인 감정 없이 모두가 순응했다. 자연스레 현실을 받아들이며 후회에 시간을 쓰지 않았다. 오히려 갑자기 뜻밖의 선물을 받은 것처럼 갼델에서의 시간을 기쁘게 보냈다. 갼델은 아직 잘 알려지지 않은 곳이었다. 관광지보다는 휴양지에 가까웠고, 활기찬 분위기보다는 조용히 사색할 수 있는 곳이었다. 수영하기 좋은 말라 비치는 빛나는 것들이 참 많은 바다였다. 누군가 갼델에서는 무엇을 보았냐고 묻는다면, 그저 빛을 바라보았다고 말하고 싶은 시간이었다.

Cap d'Ail
12Av. Raymond Gramaglia,
06320 Cap-d'Ail, 프랑스

빌르프헝슈-슈흐-메흐

Vilefranche-sur-Mer

빌르프헝슈-슈흐-메흐

이름을 발음하는 것조차 버거운 이곳은 니스 바로 옆에 있는 여행지다. 니스 못지않게 예쁜 곳이었는데, 이름이 너무 어려워 니스보다 덜 알려진 것이 아닐까 하는 엉뚱한 생각도 들었다. 니스는 두 번 방문해 봤으니, 다음에는 이곳을 다시 즐기고 싶다.

함께 다니던 일행들과 떨어져 괜히 혼자 걷고 싶은 날이었다. 그래서 양해를 구한 후 정처 없이 걷기 시작했다. 목적지를 따로 정하지 않고, 생장카프페라(Saint-Jean-Cap-Ferrat) 쪽으로 무작정 걸어갔다.

구글맵을 보며 주택과 차도를 지나 아무 생각도 하지 않고 터덜터덜 한 시간 반을 걸었다. 이 날은 이상하게 마음이 조급했다. 예고 없이 찾아온 소진을 빨리 이겨 내고 싶어 그만큼 서둘러 걸었다. 덥기도 정말 더웠는데 마음까지 타고 있으니 걸음이 무겁게 늘어졌다. 항상 여유롭게 여행을 즐기진 못한다. 다만 불안하고 조급한 마음이 들 때는 가능한 한 빨리 환기하려고 노력한다. 다행히 여행 중에는 나에게 다시 설렘을 주고 다음

Vilefranche-sur-Mer
Villefranche-sur-Mer, 프랑스

을 기대하게 하는 요소들이 주변에 가득하다. 길모퉁이를 돌아서기만 해도 낯선 풍경이 주는 신선함이 나를 다시 살아나게 한다.

몸이 조금 지쳤을 때쯤, 지도에 보이는 가장 가까운 해변으로 향했다. 길이 끝나는 곳엔 바다가 있으니 어디든 상관없었다. 우연히 들른 곳은 쁠라쥬 크호 데 빵(Plage Cros Dei Pin)이란 해변이었다. 그늘 드리워진 벤치에 앉아 숨을 고르며 더위를 식혔다. 앉아 있던 벤치 앞 파라솔이 세 번 피고 지는 동안 초코바를 꺼내 먹었다. 그때 들어 두지 않으면 아쉬울 것 같아, 해변으로 한껏 밀려드는 파도 소리에 집중하며 남프랑스 여행을 마무리했다. 구글맵을 보물지도 삼아 나서는 모험에, 내가 여행 중이라는 사실을 새삼 깨닫고 나서야 일행에게 돌아갈 수 있었다.

어른이 된다는 것은

니스에서 사진을 찍을 때, 유독 가족과 노부부가 번갈아 눈에 들어왔다. 니스 해변의 수많은 인파 속에는 가족이란 테두리로 지어진 그들만의 세상이 있었다. 아이들은 부모 곁으로 보이는 모든 것들이 새롭고 행복한 듯했다.

사람은 모두 태어나고 자라며 유년기를 경험한다. 어린 시절, 어머니는 강했고 아버지는 위대했다. 나의 영웅이자 든든한 방패였다. 손에 쥐는 모든 것들이 내 세상이었던 때가 있었다. 안락한 품 안에서 밖을 바라보며 듣고, 느끼고, 경험하며 우리는 성장한다. 그렇게 자라난 생각에 한없이 따뜻하던 둥지가 비좁아지고 나를 억압한다고 느끼는 때가 오면, 우린 껍데기를 깨고 나와 비로소 진짜 세상을 만난다. 이제 부모는 묵묵히 인생의 지지자이자 친구로 함께 걷는다. 우리는 항상 새로운 문제에 직면하고 도전하며 드넓은 세상을 모험한다. 바람이 불고 파도가 거세질 때면 숨을 쉬기 위해 발버둥 치며 세상을 넓혀 간다.

설혹, 우리가 더 이상 도움이 필요하지 않더라도 너무 힘이 들 때 한 번쯤 뒤돌아보길 바란다. 언제나 그렇듯 당신을 응원하고 있을 테니까. 그렇게 우리는 모두 어른이 된다.

3부

동유럽

체코

1장

프라하

Prague

딱히 특별할 것 없지만, 부족하지도 않았던 프라하. 세 번째로 프라하를 찾았을 때는 이미 유명한 관광지들은 모두 둘러본 경험이 있었다. 때문에 별생각 없이 42번 올드트램 철로를 따라 걸어 다녔다. 그러다 우연히 보게 된 장면이 아직도 프라하를 떠올리면 바로 생각난다. 무엇이 마음에 들지 않았는지, 아이가 갑자기 자전거를 집어 던지고 짜증을 냈다. 하지만 부모는 아이에게 윽박지르지 않았고 아이의 시선에 맞춰 쪼그려 앉았다. 알아듣진 못했지만, 나긋한 말투로 거의 십여 분을 아이에게 무어라 설명했다. 그러더니 다시 웃는 아이의 손을 잡고 지나가는 모습이 뭉클했다. 부모라는 존재는 사람 이상의 다른 존재가 되는 것 같았다. 아이는 자라서 아마 이날을 기억하지 못할 수도 있다. 하지만 부모가 준 가르침으로 세상을 살아갈 것이다.

카를교

프라하는 낭만의 도시로 유명하다. 구시가지의 좁은 골목과 고딕 양식의 건축물 자체로도 낭만적이지만, 명성의 중심에는 카를교가 있다. 다리 위에서 바라보는 프라하성의 웅장함이 카를교에 고즈넉한 느낌을 더해 주고, 옆으로 늘어선 서른 개의 성인 조각상도 분위기에 몫을 더한다.

이 오래된 다리에 낭만을 씌워 주는 것은 성이나 조각상만이 아니다. 해 질 무렵 카를교에 가면 온통 황금빛으로 물든 사람들이 서로를 담아 주고 있었다. 다리 곁에서 같은 방향으로 바라볼 수 있는 동반자가 있는 것만으로 아름다워 보였다. 연인들의 눈에는 사랑이 가득 담겨 있고, 친구들은 웃음소리를 나누며 추억을 쌓는다. 거리 음악가들이 배경음악을 더하고, 화가들은 카를교와 함께 사람들의 웃음을 완성한다. 이 모든 것이 어우러져 카를교는 프라하의 진정한 낭만을 완성하는 곳이 된다.

Charles Bridge
Karl v most, 110 00 Praha 1,
체코

마네스 다리

좀 더 한산한 곳에서 볼타바 강과 프라하의 풍경을 함께 즐기고 싶다면, 꼭 카를교가 아니어도 된다. 멀지 않은 곳에도 도시를 잇는 다리들이 여럿 놓아져 있어, 마음에 드는 다리를 골라 편하게 구경하면 된다. 멀리서 카를교를 구경하는 것도 추천한다. 프라하의 숨은 보석인 마네스 다리에 가면 카를교와 프라하의 전경을 함께 볼 수 있다. 아침 일찍 마네스 다리를 찾으면, 강변을 따라 사람들이 조깅하고 자전거를 탄다. 낭만의 도시가 일상인 사람들이다. 여행지가 아닌 삶의 터전으로 느끼는 프라하는 어떨까? 낭만 위로 일상이 교차하며, 그들의 관찰자가 되어 소소한 행복을 찾아보았다.

Manes Bridge
Mánes v most, 118 00 Josefov,
체코

댄싱 하우스 글래스 바

프라하에서 가장 현대적이면서도 눈에 띄는 건축물을 꼽자면 단연 댄싱 하우스다. 허리가 잘록하게 들어가 유려한 곡선을 그리는 유리와 단단한 콘크리트가 조화를 이룬다. 독특한 자태를 뽐내는 이 건물은 프랭크 게리와 블라디미르 밀루닉이 설계한 걸작이다. 건물 앞에서 사진을 찍는 것도 좋지만, 진정한 매력을 느끼고 싶다면 댄싱 하우스의 꼭대기 층에 있는 바에 방문하는 것을 추천한다.

간단하게 아페롤 한 잔을 주문하면, 볼타바강을 따라 펼쳐지는 시원한 경치와 함께 작게 줄어든 사람들과 트램이 오가는 전경을 즐길 수 있다. 프라하성과 주변의 붉은 지붕이 어우러진 파노라마 뷰는 따로 안주가 필요 없게 만든다.

Dancing House Glass Bar
Jiráskovo nám. 6, 120 00 Nové M sto, 체코

하벨 시장

해가 뜨기 전, 새벽녘에 지나친 하벨 시장은 굉장히 고요했다. 주황색 가스등이 텅 비어 있는 공간을 스포트라이트처럼 비추어 한층 더 쓸쓸하게 느껴졌다. 프라하를 한 바퀴 돌고 숙소로 돌아오는 길에 다시 하벨 시장을 지났다. 불과 몇 시간도 되지 않았지만 하벨 시장은 완전히 활기를 되찾고 있었다. 다른 세상에 온 듯 프라하에서 가장 생동감 넘치는 곳이 되어 있었다. 쓸쓸했던 주황색은 사람들의 말소리에 부서진 듯 시장 전체가 알록달록한 색으로 바뀌어 있었다. 나도 그 공간이 만든 이야기에 배역을 맡고 싶어 빨간 토마토를 하나 골라 사왔다. 언제나, 어느 곳에서나 마찬가지로 도시에 생동감을 가득 채우는 것은 사람들의 이야기다. 하루 종일 쉼없이 오가는 사람들을 따라서 도시도 모습을 바꾼다. 여행에서 부지런히 다니고, 또 다녀야 하는 이유다.

Havel Market
Havelská 13, 110 00 Staré M sto,
체코

리에그로비 공원

이번 프라하는 발이 닿는 대로 걷고 싶으면 걷고, 앉고 싶으면 앉아서 쉬어 가는 그런 여행이었다. 선선한 날씨면 어김없이 출근했던 리에그로비 공원은 다른 이들에게 알려 주고 싶지 않은 나의 휴식처다. 덜 자라도 다 잘해야 한다는 요즘, 다 자랐는데도 둥근 세상에서 혼자 삐져 나와 잘하지 못하고 있는 것 같은 그런 날. 공원에 앉아 있으면 내가 뭘 하나 싶다가도, 어르신들이 삼삼오오 모여 담소를 나누는 벤치를 보고 있자면 작게 응어리졌던 마음조차 다 풀리곤 한다.

Liegrobi Park
Riegrovy sady 120 00,
120 00 Praha 2-Vinohrady, 체코

페트린 타워

숙소에서 사귄 사람들과 같이 노을을 보러 가기로 했다. 근처 스트라호프 수도원이 생각나 저녁을 먹고 간단하게 마실 맥주를 사서 목적지로 향했다. 가는 길의 오르막이 점점 가팔라지고 재잘대던 말소리가 잦아들 때쯤, 어렵사리 도착한 곳은 내가 기억하던 그곳이 아니었다.

새로 사귄 친구들의 사진을 멋지게 남겨 주려고 했던 내 계획이 한순간에 물거품이 되었다. 급하게 근처에 사진을 찍을 만한 장소를 검색했다. 하지만 그사이 해는 나를 기다려 주지 않고 퇴근해 버렸다. 다 진 노을 뒤로 하늘이 어둑해질 무렵이 되어서야 찾은 장소 역시 바람에 머리가 엉망이 되어 사진을 찍기 어려웠다. 어쩔 수 없이 반대편에 서서 바람을 등지고 서서 찍자, 정답을 찾은 듯 멋진 사진이 나왔다. 그 방향에서 꼭 사진을 찍겠다던 고집을 멈추는 순간 더 나은 장면이 있었다.

앞에서 불어오는 바람이 매서워 원하는 방향으로 나아가기 힘들다면, 잠시 몸을 틀어 방향을 바꿔 보자. 순풍은 뒤에서 불어온다. 가려던 방향에 대한 고집을 잠시 내려놓고 바람을 탈 수 있는 방법을 찾아야 할 때도

Petrin Tower
Our Lady of Exile, Strahovské nádvo i,
118 00 Praha 1, 체코

있다. 새롭게 마음을 먹는 순간, 막아섰던 바람이 되레
앞으로 나아갈 수 있게 힘을 실어 줄 것이다.

프라하에서 만끽한 자유로움

여름 유럽의 여명은 평소 우리가 볼 수 없는 색으로 가득하다. 아무도 없는 새벽, 하벨시장을 지나 카를교로 나갔다. 해가 뜨기 전 다리 한가운데 삼각대를 설치하고 내가 원하던 풍경을 기다리고 있었다.

시끄러운 소리가 들려 뒤돌아보았을 때 신선한 충격에 말을 잇지 못했다. 당황스러움은 순간이었고, 눈앞의 장면에 집중했다. 내 카메라에는 누구보다 자유로워 보이는 나체의 남자 셋이 담겼다.

시간이 조금 지난 후, 옷을 입고 돌아온 그 친구들은 내게 자신들이 잘 나왔느냐고 물었다. 친구 여섯이서 진 팀이 옷을 모두 벗고 카를교를 내달리는 내기를 건 게임을 했고, 그 벌칙 현장에 내가 심판처럼 있었던 것이었다. 사진을 보여 주며 내가 사진을 활용해도 되겠냐는 질문에 자랑스럽다는 듯 "당연하지, 그건 네 사진인걸?"이라는 대답을 받았다. 그렇게 카메라에 자유로움을 담았다.

이 사진에 〈travel is freedom〉이라는 이름을 붙여 개인 전시회에 걸었다. 프라하에서 남긴 가장 비밀스럽고도 여행다운 기록이다.

체스키크룸로프

Český Krumlov

체스키크룸로프

체코와 오스트리아의 중간쯤 체스키크룸로프가 있다. 프라하에서 지역버스를 타고 세 시간 정도 달리면 도착할 수 있는 작은 마을이다. 두 시간이면 마을 한 바퀴를 모두 둘러보기 충분하다. 그래서 프라하를 여행한다면 당일치기나 1박으로 시간을 보내기 좋은 근교 여행지로 알려져 있다. 따지고 보면 가까운 거리도 아닌데 왜 유명해졌는지 알 수 없지만, 머무르다 보면 또 알 것도 같은 아기자기한 그런 곳이다.

체스키에서 해가 지는 모습을 본 적이 없었기에 다양한 모습을 보고자 이번에는 숙소를 예약했다. 여행지에 갔는데 어디서 노을을 볼지 모르겠다면 일단 높은 곳으로 가면 된다. 체스키에서는 성의 벽루로 올라가 노을을 보았다. 멍하니 풍경을 보고 있는데 어디선가 귀에 거슬리는 쇳소리가 들려왔다. 끼익 끼익 반복되는 쇳소리에 짜증이 나려던 순간, 가까워진 소리 쪽으로 몸을 돌렸다. 시선 끝에 나이 든 아내의 휠체어를 미는 할아버지의 모습이 걸렸다. 울퉁불퉁한 돌바닥을 따라 휠체어 바퀴가 버겁다는 듯 몰아쉬는 쇳소리였다. 잠시나마 불쾌함을 느꼈던 스스로가 굉장히 창피했다.

통로 가운데 도착한 노부부는 삼각대를 세우고 당신들의 사진을 찍기 시작했다. 누구보다 가까워지려는 듯 찍을 때마다 서로를 더욱 끌어당겨 안는 모습을 보며 흐뭇하면서도 부러운, 따뜻한 질투가 올라왔다. 뒤로 보이는 노을이 유난히도 맑고 붉었다. 왠지 모르게 위로가 되는 풍경이었다. 적어도 나를 사랑해 주는 사람이 한 명은 있다고 안심되는 그런 순간, 함께 있다는 것만으로 힘이 될 때가 있다. 부부의 모습에 왠지 모를 위로를 받으며, 지는 해와 함께 사라지는 뒷모습을 오래도록 지켜보았다. 삐걱대는 쇳소리가 오랫동안 이어질 수 있도록 내가 받은 큰 온기만큼 부부의 행복을 빌었다.

Český Krumlov
Latrán 3, 381 01 Český Krumlov 1-Latrán,
체코

그리스

2장

아테네

Athens

남프랑스 여행을 마치고 2주 정도를 남겨 둔 시점에서 일행과 다음 여행지를 정해야 했다. 서쪽으로는 스페인과 포르투갈, 북쪽으로는 독일과 폴란드, 동쪽으로 헝가리와 크로아티아 등 선택지가 많았기 때문에 더 고민이 되었다. 수년 전 이미 모두 가 본 나라였기 때문에 처음 유럽을 여행하는 일행에게 선택권을 주기로 했다. 일행은 한참 동안 고민하더니 큰 결심을 한 듯 비장한 표정으로 지도를 가리켰다. 튀르키예였다. 약간의 반가움과 안도감으로 흔쾌히 엄지를 들어 보여 주었다. 이동 가능한 루트를 그리다가 그리스 아테네를 거쳐 배를 타고 최종 목적지인 튀르키예로 가는 길을 택했다. 목적지를 정하자마자 바로 다음 날, 우리는 육천 개가 넘는 섬으로 이루어진 그리스로 향했다.

아레오파고스 언덕

아테네는 여행하기에 재미있는 도시는 아니지만, 여행 중 가장 사건 사고를 많이 겪은 도시였다. 니스에서 아테네로 이동하는 비행기 안이 그 시작점이었다. 몇 년간 아무 탈 없이 오십 번도 넘게 탔던 비행기였는데 처음 겪는 고통이 밀려왔다. 눈썹 위쪽으로 극렬한 두통과 함께 이마가 찢어지는 듯한 고통이 느껴졌다. 정말 눈을 뜰 수 없을 정도의 아픔이어서 의식이 날아가는 듯했다. 비행기에서 내리자마자 아테네 공항 의자에 드러누워 한 시간 넘게 정신을 차리지 못했다.

나중에 알게 되었는데, '비행기 두통'이라고 불리는 기압 차에 의한 고통이었다. 비염을 앓고 있거나 감기 등으로 코가 막힌 경우, 하강 시 갑작스러운 기압 차에 의해 겪을 수도 있다고 한다. 평소 두통이 있는 편이라면 타이레놀이나 진통제를 먹어 두는 것도 좋다.

사고는 끝이 아니었다. 두통뿐 아니라, 일행의 위탁수화물이 도착하지 않았다. 아테네 일정이 고작 이틀이었고, 배를 타고 넘어가야 했기에 시간 내에 수화물이 도착하지 않는다면 아테네에 짐을 두고 가야 할 상황

Φυλακή του Σωκράτη
43, Rovertou Galli 39, Athina 117 41,
그리스

이었다. 짐을 기다려야 했던 일행은 공항에 남아 방법을 찾아보기로 했다.

젊어서 고생은 사서도 한다는 말이 있다. 젊을 때 겪는 고생과 힘듦을 양분 삼아 현명한 시간을 쌓아 가자는 좋은 뜻인 걸 이해하지만 동의하지는 않는다. 대신 한 살이라도 어릴 때 더 많이 다녀 보라는 말엔 전적으로 공감한다. 짊어져야 할 책임이 많아질수록 여행을 다닐 때 내려놓고 즐기기 쉽지 않다. 더불어 대체로 젊을수록 체력이 좋고 건강하니, 여기저기 다니기 쉬운 육체적인 강점도 크다. 어린 나이에 많은 곳을 여행한다는 것은 감정이 무뎌지지 않은 채로 다양한 경험을 주고받는다는 의미기도 하니까. 그래서 내가 결정한 것에서 오는 고생 정도는 기꺼이 받아들일 수 있다.

다 낫지 않아 지끈거리는 머리를 부여잡고 하루 남짓한 아테네에서의 어떻게 시간을 보낼까 고민하다가 시티 투어를 해 보기로 했다. 급작스럽게 온 만큼, 인기 있는 투어는 이미 모두 마감되어 있었다. 아쉬워할 시간조차 없었기에 나이가 지긋하신 그리스 할아버지의 시티 투어를 신청했다. 가볍게 아테네 시내를 한 바퀴 돌며 진행되었다. 설명을 통한 역사적인 사실보다는 시내를 한 바퀴 돌아본다는 데 의의를 두었다. 해 질 녘쯤 아레오파고스 언덕에 올랐다. 도시 전체가 내려다보이는 곳에서 말 그대로 불타오르는 노을을 마주했다. 붉은 솜

사탕을 하늘에 풀어헤쳐 놓은 모양이었다. 손을 뻗어 떼어먹으면 몸이 노을빛으로 물들 것 같았다. 쉽게 보기 힘든 풍경이라 넋을 놓고 바라보고 있는데 멀리 산 쪽의 작은 불길이 눈에 띄었다.

자세히 보니 불타오르는 듯한 노을이 아니고, 진짜로 산이 불타고 있었다. 순식간에 머릿속이 물음표로 들어찼다. 육성으로 "엥?" 소리가 터져 나왔다. 바로 인터넷에 검색해 보니 나흘째 불길이 잡히지 않아 대피령이 내려지고 많은 사상자가 나오고 있던 그리스 화마였다. 쉽게 볼 수 없다고 즐거워했던 붉은 노을은 화재가 만들어 낸 참사의 적신호 같은 것이었다. 마음이란 게 참 간사하듯 하늘이 더 이상 아름다워 보이지 않았다. 아래로 보이는 것들을 다 삼켜 버리겠다는 것 같아 얄미워 보이기까지 했다. 아침에 찾아본 '비행기 두통'에 관한 글에서 조종사의 갑작스러운 하강 운전이 원인이 될 수도 있다는 내용이 있었다. 만약 큰 산불로 인해 조종이 어려웠던 것이라면, 그리고 내 여행피로와 겹쳐 찾아온 두통이라면, 더 이상 아프다고 말할 수 없었다. 조금 전까지만 해도 머리에서 맥박처럼 울리던 통증이 가슴으로 내려간 것 같았다. 그리스 사람들과 자연의 많은 생명들이 무사하기만을 바라며, 나는 여행에서 또 하나를 배웠다.

Areiospagus Hill
Theorias 21, Athina 105 55 그리스

밀로스

Milos

Sarakiniko Beach
그리스 848 00, Παραλ α Σαρακ νικο

사라키니코 해변

그리스에서 가장 가 보고 싶었던 곳을 꼽으라면 해안
가에 해적선이 밀려와 있는 자킨토스였지만, 경로가 맞
지 않아 첫 번째 섬은 밀로스로 정했다. 거대하고 웅장
한 해적선은 없었지만, 새하얀 석회암 절벽과 짙고 푸른
바다가 있는 섬이었다. 버스를 타고 가면 사람들이 너무
많을까 우리는 첫 버스가 출발하기 전 아침 일찍 걸어
가기로 했다. 사람이 없는 한가로운 해변가를 찍을 생각
으로 한 시간 가까이 걸어 사라키니코 해변에 도착했다.
하지만 이미 해변가 앞 주차장에는 차들로 즐비해 주차
할 공간도 몇 남아 있지 않았다. 버스 운행 이전이라도
렌트카로 해변에 갈 수 있다는 당연한 사실을 뒤늦게 깨
닫고 모두 어이없다는 듯 웃고 말았다.

촬영할 생각은 일찌감치 접어 버리고 바닷가에서
휴가를 즐기는 사람들을 구경했다. 석회로 하얗게 이어
진 길을 따라 걸어가면 천연 해안동굴이 나오는데, 다이
빙하는 사람들이 절벽에서 뛰어내리고 그 구멍으로 빠
져나오길 반복하고 있었다. 하얗고 둥글둥글한 석회암
절벽은 사람들이 오르내리면서 반질반질해져 발바닥으

로 빚어낸 다이빙대 같기도 했다. 보기만 해도 시원해지는 풍경에 나도 가방을 벗어 던지고 뛰어들고 싶었지만, 언제가 될지 모르는 다음을 기약하며 다이빙하는 사람들의 순간을 담는 일에 만족하기로 했다.

만드라키아 해변

사라키니코 해변에서부터 만드라키아 해변까지 다시 한 시간을 걸어야 했지만, 함께하던 일행 중 누구도 반대하지 않았다. 더운 날 뜨거운 햇살이 내리쬐었어도 차도 옆 갓길로 걷는 내내 행복하기만 했다. 답답하고 복잡한 현실에서 뛰쳐나와 약 9,000km 떨어진 그리스의 수많은 섬 중 하나를 걷고 있다는 것만으로도 만족스러웠다. 날리는 흙먼지도 분위기라며 감성에 젖어 한참을 걷자 멀리 작은 마을이 보이기 시작했다.

절벽 아래로 기다랗게 난 해변에 사람들이 삼삼오오 모여 바다를 즐기고 있었다. 사라키니코 해변과는 전혀 다른 느낌이었다. 작은 마을이 뒤로 보이는 풍경 속에서 영화의 한 장면 같은 스페인 커플을 만났다. 시원한 바다 한가운데서 가장 뜨거운 모습으로 입맞춤을 나누는 모습이 자연스러웠다. 그 모습을 카메라에 조금 담아 두고 눈에 더 많이 담으려 애썼다.

모래사장에 앉아 한참 기다린 끝에야 해변가로 걸어 나오는 커플과 인사를 나눴다. 영어도 제대로 못하는 내가 가장 적극적으로 변신하는 순간이다. 최대한 밝은

Mandrakia beach
그리스 848 00, Μανδρ κια

얼굴로 인사를 건넨 후, 반드시 어느 나라에서 왔는지 물어본다. 스페인이라는 이야기에 내가 정말 잘 안다는 듯 "올라, 부에노 에스파냐!" 손짓, 발짓과 섞어 아는 단어를 다 사용하고 나서 상대방의 표정이 좋다면 성공이다. 찍은 사진을 보여 주며 메일로 보내 주겠다고 하자 흔쾌히 허락했다. 기억에 오래 남는 이야기를 담는다는 게 아주 거창하거나 특별한 게 아니다. 내가 기록한 순간이 소중하고 아름답게 남는다면 그걸로 충분하다. 내게 만드라키아의 첫인상은 뜨거운 모래사장보다 더 정열적인 스페인 커플로 남았다.

해안 길을 따라 끝까지 걸어 들어가면 멀리서 보이던 작은 해안마을에 다다를 수 있다. 조각배들이 항구라고 부르기엔 귀여운 공간에 떠서 넘실댔고, 나무 그늘에는 사람들과 고양이들이 한데 모여 뜨거운 오후를 나고 있었다. 바닥에 눌어붙은 고양이들 위로 호탕한 웃음소리가 시원하게 떠다녔다. 살짝 눈을 감고 그들의 대화에 나도 발을 담가 보았다. 머리칼에 선선한 바람이 불어오는 듯한 평화였다. 섬 안의 소담한 마을이라, 스무 채가 되지 않는 하얀 집들과 식당 두 곳, 음료수를 파는 작은 가게 하나가 다였다. 그래도 일정에 여유가 있다면 반나절쯤 머물러 보고 싶은 마을이었다. 도보로 여행을 하는 우리에게 만드라키아는 작은 오아시스였다.

플라카

밀로스의 수도이자 가장 높은 마을이기도 한 플라카로 향했다. 그리스 섬마을은 대체로 하얀색 벽돌과 파란색 지붕 그리고 멀리 보이는 바다가 명패처럼 걸려 있다.

흰색과 푸른색이 눈을 시원하게 만들어 주고 있을 때, 건물 사이로 분홍색 타베부이아 그늘이 사람들의 더위를 식혀 주었다. 꽃이 만들어 주는 그늘이라 그림자에도 분홍색이 물들어 있었다. 향기 나는 그늘을 지나 좁은 골목으로 삼십 분쯤 걸어 올라갔다. 도시에서 가장 높은 곳, 플라카 성벽에 앉아 짭조름한 바닷바람에 머리가 제멋대로 엉켜도 상관없었다. 멀리 보이는 터키색 바다가 좋아서, 엉덩이를 붙이고 하염없이 사방을 둘러보았다.

왜 이 머나먼 곳까지 떠나왔는지 지난 시간을 돌이켜 보았다. 모든 일의 크기는 상대적이라지만 큰 고민이나 힘듦이 나를 이번 여행으로 이끌진 않았다. 어디론가 돌파구를 찾는 해답도 아니었고, 쫓기듯 떠나온 것도 아니었다. 단지 여행자로서의 내 모습을 한 번 더 마주하고 싶었다. 여행이라 하면, 큰 용기를 내어 각오하고 거

창한 계획을 세워야 시작할 수 있다고 생각하는 사람들이 많다. 모든 것을 포기해야만 떠날 수 있을 것 같은 마음 말이다. 여행이 대체로 사람들에게 그렇게 느껴지는 듯하다. 하지만 나에게 여행은 마음이 원한다면 언제든 이룰 수 있는 가장 쉬운 목표 같은 것이다. 잘난 척하는 것이 아니라, 여행도 경험치가 쌓여야 점점 쉬워진다는 말을 꼭 하고 싶다. 여행이란 단어에 의미를 부여하지 말고 가까운 곳이라도 불쑥 떠나는 연습을 해 보자.

여행할 때는 새로운 것을 많이 찾아보는 연습도 함께 해야 한다. 우리는 보통 눈에 익숙한 것들, 보고 싶은 것들만 보려고 하는 경향이 있다. 가끔은 의식적으로라도 눈을 돌려 새로운 방향으로 보려고 노력해야 한다. 그러다 내가 진정으로 원하는 것을 찾게 된다면, 주저하지 말고 엉덩이를 떼어 움직여 보자.

아기아 키리아키 해변

밀로스에서 차 없이 다닐 수 있는 곳들은 대강 다 돌아다닌 것 같아 하루 남은 일정을 고민하고 있을 때였다. 기회라는 듯 일행 중 한 명이 밀로스에 유명한 보트 투어가 있다며 반짝이는 눈으로 설명하기 시작했다. 더 의견을 내는 사람도 없었기에 우리는 숙소 근처에 있는 현지 여행사로 향했다. 가장 저렴한 여행 상품 중, 밀로스 섬 남서쪽 끝인 클레프티코에 도착해 수영하는 일정으로 결정했다.

다음 날 숙소 앞으로 마중 나온 밴을 타고 아기아 키리아키 해변에 도착했다. 배를 타기 전까지 해변을 둘러보았는데, 생각 이상으로 매력적인 해변이었다. 바다에는 수없이 다양한 파란색이 수채 물감처럼 번져 있었다. 뜨거운 모래사장에서 신발을 벗고 발꿈치를 끝까지 들어 바다의 경계로 걸어갔다. 달궈진 모래알에서 푸른 물에 발을 담그는 순간, 온몸에 전기가 오를 정도로 시원했다. 기대하지 않았던 하루의 시작을 조금 들뜬 기분으로 시작할 수 있었다.

Agia Kyriaki Beach
Agia Kyriaki 848 00 그리스

시간이 되어 약속 장소인 해변의 끝자락으로 이동했다. 생각보다 배에 타고 있던 사람들이 많았다. 배를 타고 한 시간쯤 나가자 머리와 가슴으로 어김없이 신호가 오기 시작했다. 여행을 그렇게나 다니지만, 사실 내 몸뚱이는 탈 것들과 친한 편이 아니다. 비행기를 제외하곤(그리스에선 비행기까지도 괴로웠지만) 뭐든 빠르게 이동하는 것에만 타면 멀미를 한다.

여행자이지만 여행에 적합하지 않은 불편한 몸으로 열심히 다녔다. 쌓인 경험치를 기반으로 내린 유일한 해결책은 잠을 자는 것인데, 이날만큼은 도저히 그럴 수 없었다. 물에 들어가지도 않을 건데 호핑 투어에서 풍경까지 보지 못하게 된다면 너무 억울할 것 같았다. 정신력으로 이겨 내자며 스스로 최면을 걸어 울렁임과 끊임없이 싸웠다. 그나마 다행이었던 것은, 요란한 소리를 내며 부서지는 파도를 보는 것만으로도 시원해서 조금이나마 고통을 헹구어 주었다는 점이다.

Kleftiko
Milos 848 00 그리스

클레프티코

두세 개의 섬에서 멈춰 서며 짧은 수영 시간을 마치고 최종 목적지인 클레프티코에 도착했다. 적당하다 싶은 곳에 배를 세우고 모두 신나게 물속으로 뛰어들었다. 바다에서 태어나 바다로 돌아가는 사람들처럼 얼굴 가득 웃음이었다. 밀로스섬의 모든 보트 투어가 이곳으로 집결하는지 각양각색의 배들이 붙어 물에 둥둥 떠다니는 손님들을 지켜보고 있었다. 작고 큰 배들이 일정한 시간마다 서로 간격을 두며 해안 절벽과 동굴 사이에 자리를 잡았다. 우리는 알 수 없는 그들만의 규칙이 존재했다.

사실 나는 열 살 때 바다 소용돌이에 휘말렸던 경험이 있어 물에 뛰어드는 걸 즐기지 않는다. 특히 깊은 바다는 되도록 들어가지 않는다. 트라우마라고 부를 정도로 두려운 것은 아니지만, 꼭 들어가야 하는 상황이 아니라면 굳이 물 속에 몸을 담그고 싶지 않다. 그래서 다들 물에 들어가 몸을 식히며 노는 동안 나는 다른 방법으로 시원함을 찾아보기로 했다. 있는 힘껏 바닷속에 뛰어들어 정수리 끝까지 푹 담가졌다가 부풀어 올라오는 사람들을 구경했다. 첨벙이는 물소리와 웃음소리를 섞여 듣는 것만으로도 머릿속이 청량해졌다. 머리만 빼꼼 내밀어 젖은 머리를 쓸어올리는 순간이 더할 나위 없이 상쾌해 보였다.

별일 아닌 것 같지만, 먼 바다로 나갔다 온 것은 내게 큰 도전이었다. 밀로스에서 즐긴 이 호핑 투어가 내게는 성장의 경험이었다. 보이는 성과를 내고 남들에게 인정을 받아야만 성공이라고 부를 수 있는 것이 아니다. 이날, 나는 스스로 성장했음을 느꼈다. 일단 어떻게든 정신을 붙잡아 뱃멀미를 견뎌낸 점, 바다 위에서의 시간을 온전히 즐기려 했다는 점(실제로도 재미있었다).

반드시 위로 올라가는 것만이 성장이 아니다. 때로는 떨어졌다가 제자리로 돌아오는 것도 성장이고, 옆으로 넓혀 가는 것 역시 성장이라고 할 수 있다. 그렇기에 우리가 살면서 겪는 것 중 쓸모없는 경험은 거의 없다. 몇십 년에 걸쳐 조금씩 세상을 넓혀 가고 있는 나에게도 언젠가는 저들처럼 바다로 머리를 밀어 넣고 싶어지는 순간이 찾아올 수 있다. 당장은 어려울 수 있어도 시간이 정답일 때가 있다. 계획에 없던 밀로스에서의 호핑 투어는 꽤나 인상적인 마무리였다.

산토리니

Santorini

밀로스에서 페리를 타고 세 시간을 이동해 아티니오스 항구에 도착했다. 과거 나의 첫 산토리니는 무식함 그 자체였다. 튀르키예에서 아무 정보 없이 산토리니를 향해 무작정 출발했는데, 비행기를 두 번이나 갈아탔다. 거기다가 여행은 역시 도보가 낭만이라며 피라마을에서 이아마을까지 트레킹을 했다. 산토리니를 아는 사람이라면 이것이 얼마나 무식한 시도인지 알 것이다. 더운 날씨와 무거운 배낭에 점점 사기가 꺾여, 떠날 즈음에는 신혼여행이 아니고서야 다시는 오지 않겠다고 다짐했던 곳이었다. 하지만 이렇게 다시 산토리니를 찾았다. 처음보단 효율적으로 움직였고 방황도 덜했지만 여정의 시작은 쉽지 않았다.

항구에 내려 숙소가 있는 이아마을까지 이동하기 위해 셔틀버스 흥정을 시작했다. 2유로만 내면 로컬버스를 타고 갈 수 있었지만, 뱃멀미로 이미 지친 데다가 몸뚱이만 한 배낭을 메고 더 이상 버틸 체력이 남아 있지 않았다. 소도시 여행을 한다면 미니밴을 타야 하는 경우들이 있는데 이때 반드시 흥정을 해야 한다. 처음 업체에서 우리에게 보여 준 가격이 세 명에 70유로였다. 말도 안 되는 가격에 아낌없이 경멸의 눈빛을 쏴 주었다. 그러자 가격이 슬금슬금 내려가기 시작했다. 결국 실랑이 끝에 25유로라는 답을 받아 냈다. 처음 그들이 제시했던 가격의 삼 분의 일 정도인 셈이다. 흥정하기 어려

위하는 사람들도 많다는 걸 알지만, 침착한 마음으로 조금씩 연습해 보자. 버티는 사람이 이긴다. 우리의 경비는 소중하니까!

어렵사리 숙소 앞까지 도착했는데 또 다른 문제가 생겼다. 에어비앤비 예약 내역이 사라진 것이다. 이에 더해 스마트폰 데이터까지 말썽이었다. 더 버틸 수 없이 지친 우리는 그대로 길바닥에 주저앉아 버렸다. 이 와중에도 손 놓고 가만히 있지는 않았다. 한 명은 무거운 배낭을 한데 모아 지키고, 나머지는 어떻게든 데이터가 한 칸씩이라도 잡히는 곳을 찾아다니며 숙소와 연락을 시도했다. 알고 보니 예약해 두었던 에어비앤비가 신용카드 결제 문제로 자동 취소된 것이었다. 함께했던 일행들이 누구 하나 감정적으로 굴지 않고 침착했기에 서로 불평하지 않고 그 상황에서의 최선책을 모색하기 시작했다.

나는 불행한 일이 갑작스럽게 닥쳤을 때, 어떻게 그 상황을 타개해 나가는지를 중요하게 생각한다. 좌절이 분노로 이어져 감정적으로 구는 사람들이 있는데 그래서는 상황이 해결되지 않는다. 특히 혼자가 아니라면 상대방의 입장까지 정확히 파악할 필요가 있다. 그러기 위해서는 감정을 가라앉히고 이성적으로 판단을 내려야 한다. 그래야만 서로 양보와 타협이 가능해진다. 여행길에서 동행이 있다면 운명 공동체이기 때문에, 안 좋은 상황에서 굳이 누군가를 탓하는 것은 옳지 않다. 그런 점에서 그리스 여행팀은 환상의 케미를 자랑하는 드림팀이었다. 누가 무어라고 말을 꺼낼 새도 없이 각자의 역할을 찾아 척척 해냈다. 우여곡절 끝에 우리는 새로운 숙소에 짐을 풀고 드디어 지친 몸을 누일 수 있었다. 이 자리를 빌려 고마움을 전해 본다. 우리 정말 멋진 팀이었다!

이아마을

'산토리니' 하면 꼭 떠오르는 그 모습. 한 이온 음료 광고에 나왔던 그 풍경은 이아마을에서 마주할 수 있다. 산토리니 자체는 넓은 섬이지만 크기에 비해 갈 만한 곳이 많지 않다는 말이기도 하다. 지냈던 나흘 중 이곳에서만 하루를 모두 보냈을 정도로 이아마을을 자주 찾았고 오래 감상했다. 에게해의 푸른 바다를 병풍처럼 두르고, 경사진 언덕을 따라 오밀조밀 붙어 있는 하얀 건물들과 바다색 지붕은, 비현실적으로 느껴질 만큼 아름답다.

해가 뜰 때부터 질 때까지 빛의 방향에 따라 분위기가 달라진다. 집들이 모두 하얀색이라 그 변화가 굉장히 크게 느껴진다. 해가 가라앉으며 빛줄기가 먼 수평선 위에 남아 있는 시간을 가장 애정한다. 지는 해가 마지막 남은 힘을 짜내듯 붉은색으로 타오를 때, 한 손에 맥주 한 캔, 다른 한 손에는 깨가 박힌 땅콩을 한주먹 쥐어 자리를 잡았다. 석양 명소이니만큼 전 세계에서 온 여행객들로 이미 붐비고 있었다. 출신도 문화도 모두 다를 테지만, 그 순간만큼은 흰 벽을 스크린 삼아 상영되는 일몰에 한마음으로 행복했으리라 믿는다.

Oia Lookout Panoramic Viewpoint
Oia 847 02 그리스

수평선 아래로 해가 숨어들고 나서부터는 보랏빛의 앙코르 공연이 시작된다. 일어나던 관람객들이 발을 떼지 못하고 다시 자리에 앉는다. 나는 이 앙코르 공연이 항상 좋다. 어슴푸레한 보랏빛이 몽환적으로 깔리는 이 순간을 매번 기다린다. 멀리서 떠났던 배들이 항구를 향해 들어오기 시작하고, 구름이 두툼한 이불처럼 하늘을 덮으면 무대가 끝나고 밤이 찾아온다. 그제야 엉덩이를 털고 일어나 아쉬움을 뒤로하고 내일 있을 공연을 기대해 본다.

로도스

아테네에서 출발해 그리스 섬들을 거쳐 로도스에 도착했다. 로도스는 튀르키예로 향하는 국경에 자리하고 있다. 따로 계획이 있어 로도스에서는 오래 머물지 못했는데, 하루 자며 자세히 둘러보지 못하는 게 아쉬울 만큼 특별한 도시였다. 이탈리아와 튀르키예, 두 나라의 지배를 받은 적이 있어 고딕 양식의 모스크 등 다양한 문화가 섞여 발달해 있었다.

배를 타기 전, 겨우 짬을 내어 두 시간 정도 로도스를 구경했다. 가장 가까운 바닷가인 엘리 비치로 뛰어갔다. 땀이 발목을 타고 줄줄 흘렀음에도 개의치 않았다. 도착한 곳에서의 풍경은 더위를 한번에 잊게 만들었다. 짙푸른 바다 한가운데 사람들이 다이빙대 위에서 바다로 뛰어들고 있었다. 계단엔 사람들이 꽉 차 있었고, 바다엔 끊임없이 물보라가 일었다. 사진이 없었다면 어떤 모습인지 상상하지 못했을 것이다. 담으면서 가만히 보고 있으니, 뛰어들고 올라가고를 반복하는 사람들이 웃기고 귀여웠다. 로도스의 남은 시간까지 알차게 채워 나의 두 번째 그리스를 매듭지었다.

Rhodes Elli Beach
Rhodes 851 00 그리스

크
로
아
티
아

3장

자그레브

Zagreb

Crkva sv. Marko
Trg Sv. Marka 5, 10000, Zagreb, 크로아티아

크로아티아는 아드리아해의 해안선을 따라 길쭉하게 도시를 이루고 있어 이동이나 여행하기에 편하진 않다. 하지만 아름다운 풍경으로 전 세계 곳곳에서 사람들이 모여드는 곳이므로 꼭 한 번은 시간을 내서 여행해 보길 추천한다.

크로아티아 여행은 보통 자그레브에서 시작한다. 플리트비체, 자다르, 스플리트를 거쳐 마지막 남부 끄트머리에 자리하고 있는 두브로브니크까지 순서대로 여행할 수 있다. 반대로 원활한 이동을 위해 두브로브니크에서 출발해 자그레브까지 역순으로 여행하기도 한다.

세 번째 자그레브였지만 여전히 무미건조하다는 감상을 떨칠 수가 없었다. 볼거리가 많은 도시를 좋아하는 나에게, 역사적인 이야기가 더 많은 자그레브는 꽤 심심한 도시다. 그래도 자그레브의 상징과 같은 성 마르코 성당은 꼭 둘러보아야 한다. 성당과 함께 세계적으로 유일무이한 이별 박물관도 구경할 만하다. 자그레브는 사랑의 도시라고도 불리는데, 사랑이 있으면 이별도 반드시 있는 법이다. 박물관은 사람들이 실패한 사랑이나 이별에 대한 이야기를 기념품과 함께 기증하여 만들어졌다. 바랜 사진, 오래된 전화기, 드레스, 인형 등 모두 개인의 사연을 담고 있어 천천히 읽으며 구경하다 보면 직접 이별을 겪은 것처럼 가슴이 먹먹해진다. 이별 박물관은 단순히 슬픔만을 전시한 곳은 아니다. 이별이 전시되어 있지만, 사랑의 순간과 치유의 과정 역시 같이 보여준다. 다른 이들의 이별을 통해, 내가 가진 감정들을 다시 한번 둘러볼 기회가 생기기도 한다. 한국 고무장갑에 얽힌 사연도 있으니, 자그레브에 들른다면 구경해 보자.

이 사랑의 도시에는 '리시타르'라는 빨간색 하트모양 생강 쿠키가 유명한 기념품이다. 보일 때마다 유치하기 짝이 없는 상술이라 생각하며 골목을 지나는데, 기타 가방에 'All you need is love'라는 글씨를 써 붙이고 함께 연주하고 있는 노부부가 눈앞에 나타났다. 부부는 덜렁 문 하나 있는, 칠이 벗겨진 낡은 벽 앞에서 행인들에게 사랑을 뿌리고 있었다. 미소를 머금은 채 부부가 함께 부르는 노래는 정말 사랑이면 충분하다고 느끼게 해 주었다. 사랑이면 충분하다니, 그 한마디에 심심하고 쓸쓸해 보이던 무채색의 도시가 매력적으로 보이기 시작했다.

플리트비체

사계절이 모두 매력적이라는 말을 듣고 처음 플리트비체를 방문했을 땐 단풍이 든 가을이었다. 하지만 날이 흐리고 비까지 뿌리는 바람에 제대로 구경하질 못했다. 그래서 이번 크로아티아 방문의 가장 큰 목적이 이 플리트비체였다. 관광객들은 자그레브에서 당일치기 버스 투어로 라스토케와 플리트비체를 함께 들른다. 하지만 나는 플리트비체를 거쳐 스플리트로 내려가는 일정을 짰기 때문에, 우리는 모든 짐을 메고 플릭스 버스에 올랐다. 플리트비체는 많은 관광객이 찾는 곳이라 물품 보관함이 잘 되어 있었다. 짐을 맡긴 후 본격적으로 플리트비체를 둘러보기 시작했다. 시즌마다 입장권의 가격이 달라지는데, 6월부터 9월이 가장 비싼 성수기다. 성수기라는 말에 겁먹고 굳이 비수기에 찾진 말자. 어느 곳이든 성수기와 비수기가 나누어져 있는 데는 이유가 있다.

다시 만난 여름의 플리트비체는 빛 그 자체였다. 비유가 아니라 숲, 연못, 눈에 보이는 모든 곳이 빛으로 반짝이고 있었다. 슬프게도 시간이 많지 않아 가장 짧은 코스

Plitvice
VH8J+5R Plitvi ki Ljeskovac, 크로아티아

인 A코스를 선택했다. 후회하지 않을 테니 여유가 된다면 꼭 H코스로 돌아보길 바란다.

비록 짧은 코스를 택하긴 했지만, 가고 싶은 곳은 이미 정해져 있었다. 3년 전, 플리트비체에서 담고 싶었지만 실패했던 사진이 있었다. 산책로 막바지 옆길로 들어가면 볼 수 있는 풍경을 내 눈으로 직접 보고 담아오고 싶었다. 그리고 이날, 3년 만에 꿈꾸던 장면을 볼 수 있었다. 발아래로 보이는 모든 것들이 초록으로 빛났다. 세상의 모든 초록을 다 모아 놓은 듯한 잎사귀들을 배경으로 폭포의 물줄기가 모였다 갈라지기를 반복하며 흐르고 있었다. 그 사이로 보이는 모두가 서두르지 않고 여유롭게 걷고 있었다. 이곳에서만큼은 자연이 더 바쁜 듯했다. 사람들은 좁은 길에서 서로를 기다려 주며 초록 속에 어우러졌다. 눈과 귀가 모두 더 담을 수 없을 만큼 평화로 가득 차서 마음이 자연스러워지는 곳이 여기에 있었다.

스플리트

Split

Old Town
Narodni trg, 21000, Split, 크로아티아

올드타운

스플리트는 두브로브니크로 가기 위한 경유지라고만 생각했는데, 이번 크로아티아를 여행하면서 가장 기억에 남는 도시가 되었다. 아름다운 주황색 지붕들을 지나 올드타운으로 향하니 지난 세월을 가늠하기 힘들 만큼 오래돼 보이는 기둥들이 가득했다. 성도미니우스 성당 전망대에서 내려다본 바다의 윤슬은 도시의 장신구가 되어 한껏 반짝이고 있었다. 매일 저녁에는 광장에서 다양한 공연들이 축제처럼 펼쳐졌다. 크로아티아에서 가장 활기가 넘쳤던 곳이다. 바닷가에는 도시 안팎으로 오가는 배들이 많았다. 떠날 때가 되어서야 스플리트에서 꼭 들러야 한다는 흐바르섬을 알게 되었다. 관광객들이 배를 타고 나가던 이유가 있었다. 조금 아쉬웠지만 오히려 좋았다. 스플리트에 다시 방문해야 할 멋진 이유가 하나 더 생겼기 때문이다.

마르얀 공원

도시의 뒤쪽 언덕길을 따라 오르면 마르얀 공원이 있다. 성도미니우스 성당이 구시가지를 가장 높이서 내려다볼 수 있는 곳이라면, 마르얀 공원은 스플리트 전체를 내려다볼 수 있는 곳이다. 해 질 녘에 맥주 한 병을 사서 해가 넘어가는 속도에 맞추어 천천히 올라갔다. 한껏 달아오른 햇빛 아래로 보이는 벤치에 아무렇게나 걸터앉아 맥주를 마셨다. 마시다 보면 지붕 위 주홍빛이 바닷가까지 넓게 퍼져 나가는데, 해가 다 질 때까지 주황색으로 물든 맥주를 삼켰다. 지평선 아래로 해가 사라질 때쯤, 한껏 상기된 얼굴색으로 어스름을 걷어내며 내려오곤 했다.

Park šuma Marjan
Obala Hrvatskog narodnog preporoda 25,
21000, Split, 크로아티아

두브로브니크

Dubrovnik

흐린 날의 성벽 투어

아드리아해의 파도 속에 쌓인 진주라 불리는 도시다. 〈왕좌의 게임〉 촬영지로도 유명한 크로아티아의 대표적인 관광지 두브로브니크에서는 '크로아티아' 하면 떠오르는 풍경을 그대로 볼 수 있다. 한국에서는 여행 예능 프로그램에 소개되어 한때 필수 여행지로 인기를 끌었다. 끝없이 늘어선 주황색 지붕 위로 바다가 덮여 있는데, 애석하게도 여행 내내 날씨 운이 따라 주지 않았다.

두브로브니크에서는 어디서든 두브로브니크 패스를 구매할 수 있다. 패스에는 성벽 투어를 딱 한 번 할 수 있는 티켓이 포함되어 있다. 말은 투어라고 쓰지만, 가이드가 따로 있는 것이 아니라 외곽 성벽길을 따라 한 방향으로 쭉 걸을 수 있는 산책로다. 길을 따라 걸으면 안팎으로 도시와 바다를 한 번에 구경할 수 있어서 두브로브니크의 필수 코스다.

일정이 촉박해 울며 겨자 먹기로 흐린 날에 성벽 투어를 진행할 수밖에 없었다. 가장 기대했던 곳이었기에 속상한 마음을 숨길 수가 없었다. 사람들이 북적이는 부자카

Ul. Vrata od Pila, 20000, Dubrovnik,
크로아티아

452

페(Buža bar)와 푸른 바다 위 파도를 하얗게 부수려 뛰어내리는 사람들을 꿈꿨기 때문이다. 다이빙하는 사람들 대신 나는 아쉬움을 뭉쳐 마음 한편으로 집어 던지고는 이 소중한 하루를 살릴 방법을 고민했다.

흐린 하늘을 맑게 만들 수는 없으니 차라리 좁게 보기로 했다. 가득한 구름은 과감하게 시야에서 빼 버리고, 지붕 사이로 보이는 풍경들에 집중했다. 골목 사이로 빨래를 걷는 아주머니와 흐린 날씨에도 활기를 잃지 않고 뛰어다니는 아이들을 구경하며 걸으니 그새 성벽길이 끝나 있었다.

아쉬운 발걸음으로 터벅터벅 내려오는데 고양이 한 마리가 내 옆에서 따라 걷고 있었다. 눈이 마주치자 아양을 떨더니 더 걸을 수 없을 정도로 다리에 온몸을 비벼댔다. 어쩔 수 없이 계단에 앉아 고양이를 한참 만져 줬다. 보드라운 털이 손가락 사이로 스치자 어느새 체한 듯 얹혀 있던 아쉬움이 스르륵 풀려 있었다. 도시가 사랑스러워 보이기까지 했다. 두브로브니크에는 이상할 정도로 고양이가 많다. 나중에 알고 보니 이 도시 사람들의 각별한 동물 사랑 때문이었다. 두브로브니크 궁전 앞에 고양이들이 살던 집을 철거했다는 이유로 시민들이 집단 항의를 했을 정도였다고 한다. 일종의 편견일 수 있지만, 내 경험상 대체로 고양이가 많은 도시는 사람들이 친절했다. 나는 인류애가 부족하지만, 동물들 앞에선

저절로 무장해제가 되는 사람이라 두브로브니크에서 고
양이의 에스코트보다 더한 친절은 없었다.

스르지산 전망대

항상 떠나는 날이 맑다. 행운이 따라 주는 누군가에겐 오늘이 여행의 시작이겠지만, 떠나야 하는 나에게는 서운한 일이다. 그래도 흐린 성벽 투어의 아쉬움은 고양이가 달래 주었기에, 마지막 날을 더 즐겨 보고자 아침 일찍 스르지산 전망대로 향했다.

두브로브니크에서 가장 높은 곳, 별 기대 없이 올라간 곳이었지만 멋진 풍경을 만날 수 있었다. 항상 알면서도 잊게 되는 사실인데 여행을 기록하면서 가장 경계해야 하는 것이 이런 편견이다. 긍정적인 환상은 때론 좌절을 겪게 하지만, 좌절은 이겨낼 수 있는 것이므로 괜찮다. 하지만 부정적인 낙인은 애초에 눈을 가리고 경험을 지워 버리니 훨씬 더 위험하다. 전망대에 뭐 특별한게 있겠냐며 두브로브니크를 떠났다면, 나는 평생 이 풍경을 눈에 담을 수 없었을 것이다.

한 번 가 본 경험으로 모든 것들을 짐작해서 단정지을 순 있어도 깊은 경험을 할 수는 없다. 겪지 않고 누군가의 이야기로만 생각하는 것은 당연히 더욱 좋지 않다. 사람을 판단할 때도 최소 세 번은 만나 보라고 말하

457

는 것처럼, 여행지도 한 번의 경험으로 그 나라나 도시를 매듭짓지 않았으면 한다. 내가 같은 여행지를 다양한 계절과 시간에 다시 마주하는 것도 이런 이유에서다. 두 번의 자그레브는 나에게 건조했지만, 세 번째에서 사랑의 도시임을 인정하게 되었다. 플리트비체와 스플리트 역시 그랬다. 이제 나에게 첫 번째 두브로브니크는 고양이가 친절하고 속이 뻥 뚫릴 만큼 시원한 풍경이 다시 오라고 마중 나와 준 곳이 되었다. 두 번째, 세 번째의 두브로브니크는 어떤 모습을 보여 줄지, 어떤 것을 또 배워 올 수 있을지 궁금해진다.

Dubrovnik vidikovac
Sr đ ul., 20000, Dubrovnik, 크로아티아

슬로베니아

4장

류블랴나

Ljubljana

슬로베니아는 오스트리아와 크로아티아 중간에 위치해 있다. 두 나라에 비해 한국인들에게 상대적으로 덜 알려져 있지만, 알프스와 지중해가 모두 맞닿아 있는 자연이 아름다운 나라다.

크로아티아 여행을 마치고 다음 여행지를 고민하고 있을 때였다. 친구가 나에게 구글맵 속 슬로베니아를 가리키며 뭐가 있냐고 물었다. 슬로베니아에 한 번 다녀온 적이 있었지만 뭐라고 말해 줄 것이 없었다. 사흘 내내 비 오는 류블랴나에서 차갑고 축축한 햄버거를 먹었던 기억밖에 없었기 때문이다. 그래서 차 없이 여행하기에는 적합하지 않은 나라고 수도에 잠깐 머물며 다른 나라로 이동하는 경유지 정도라고 설명했다. "용의 전설이 있는 나라니까 잠깐 들렀다가 오스트리아로 넘어가는 건 어때?" 가볍게 던지듯 물어봤지만 나는 이미 알고 있었다. 그의 황소고집에 시동이 걸렸기에 다른 방도가 없었다. 그렇게 두 번째 류블랴나로 향했다.

Ljubljana
Kongresni trg, 1000 Ljubljana,
슬로베니아

류블랴나

플릭스 버스를 타고 두 시간을 달려 도착했다. 여전히 어느 시골 마을의 버스 정류장 같던 류블랴나 정류장에 내려 가방을 멨다. 도심 구역이 크지 않아 처음 여행에서는 두 시간 정도 구경하고도 시간이 남았는데, 다시 찾았을 때는 모든 것이 달라 보였다. 맑은 하늘 아래 류블랴나는 가장 동유럽스러운 모습을 보여 주고 있었다. 유럽의 동화 같은 풍경을 묘사할 때 말할 수 있는 파란 하늘에 하얀 뭉게 구름, 푸른 숲, 주황색 지붕이 그대로 눈앞에 있었다. 전에 봤던 모습이랑 너무 달라 놀란 눈으로 친구를 보자 오길 잘하지 않았냐며 으스대는 그의 미소가 대답으로 돌아왔다. 두 시간이면 충분하다던 그곳에서 걷고 또 걷고 반나절을 돌고도 아쉬워서 도심을 나가기가 힘들었다.

첫 슬로베니아 여행 때는 혼자였고, 이유는 기억이 나질 않지만 기분이 좋지 않은 상태였다. 날씨도 따라 주지 않았었다. 다시 찾은 류블랴나는 날도 좋았고, 넉살 좋은 친구도 옆에 있었다. 같은 장소라도 누구와 함께하는지, 상황이 어떤가에 따라 이렇게 에너지가 달라진다.

사람 역시 어떤 장소에서, 어떤 상황에서 마주하느냐에 따라 관계성이 달라진다. 학교나 회사에서 죽일 듯이 미운 사람도, 멋진 여행지에서 처음 만났다면 절친한 친구가 될 수도 있지 않았을까? 친구의 고집 덕분에 류블랴나의 새로운 면모를 알게 되어 진심으로 감사했다.

"기분이 태도가 되게 하지 말라." 한때 유행했던 유명한 말이다. 어떤 감정에 치우치거나 휩쓸려 그 기분이 행동의 주체가 되게 하지 말라는 뜻이다. 하지만 아무리 이성적으로 상황을 바라보려고 노력해도 미숙한 사람인지라 쉽지 않을 때가 많다. 하지만 정말 중요한 순간에서 이런 이성은 굉장히 중요하다. 상황을 인지하고, 격앙된 감정으로 좁아진 시야를 넓혀 객관적인 판단이 필요할 때가 있다. 이번 류블랴나 여행은 소중한 시간이었고 다시 한번 마음을 다잡은 계기가 되었다. 축축한 햄버거의 기억과 감정이 나에게 꽤 오래 들러붙어 있었나 보다. 과거의 좋지 않았던 기억 때문에 일어나지도 않은 일을 미리 판단하지 않기로 했다. 해 질 무렵, 시내의 유일한 한식당에서 비빔밥까지 야무지게 먹고 배를 두드리며 우리는 하루 더 슬로베니아에 머물기로 결정했다.

블레드

블레드 호수

류블랴나에서 대중교통을 이용해 당일에 다녀올 수 있는 최고의 여행지는 블레드다. 그중에서도 블레드 호수가 유명하다. 버스를 타고 두 시간이면 공원 초입에 도착할 수 있다. 5월의 슬로베니아는 늦봄이 지나가고 완연한 여름을 맞이하고 있었기에 유난히 덥고 습했다. 날씨 예보에 얄밉게도 여우비가 예정되어 있어서 일찍 출발해 빠르게 호수를 보고 오기로 했다.

일어나지 않은 일을 부정적인 감정으로 미리 판단하지 말자고 마음먹은 지 하루도 채 되지 않아 또 마음이 급해졌다. 호수 아래에서 보는 블레드성도 충분히 아름다웠지만, 내가 보고 싶은 풍경은 넓은 블레드 호수 한가운데 눈동자처럼 자리하고 있는 블레드성이었다.

예보대로 점점 하늘에 구름이 몰려오니 맑은 블레드 호수를 보고 싶은 마음에 걸음이 빨라지고 식은땀이 흐르기 시작했다. 벨리카 오소이니카 뷰 포인트까지 가려면 체력과 인내심이 필수적이다. 호수 초입부터 블레드 호수를 따라 반 바퀴 정도 걷고 나서야, 본격적인 하이킹 코스에 진입할 수 있다. 만약 벨리카 오소이니카까지 가고 싶다면 튼튼한 하이킹 신발이나 운동화를 챙겨 가길 권장한다. 얼마 전에도 비가 왔었는지 길이 온통 진흙밭이었는데, 경사도 꽤 가팔랐기에 어제의 결심은 온데간데없고 이미 기분이 태도가 된 지 오래였다.

고백하자면, 사실 나는 매우 심각한 불치병인 길치병과 방향치병을 함께 앓고 있다. 평소에는 현대 인류 문명의 축복, 구글맵을 잘 활용할 수 있으니 문제가 되지 않는다. 하지만 데이터가 잘 터지지 않거나 문명과는 거리가 먼 지역에서 이 병은 두 배로 악화된다. 구글맵을 보면서 산길을 찾는 데는 한계가 있어 두 시간 동안 산속을 헤매고 목적지에 도착했다. 삼십 분이면 찾을 곳이었다. 이미 겉옷을 모두 벗고, 다 젖은 러닝셔츠 차림이 되고 나서야 원하는 풍경을 눈에 담을 수 있었다.

행복했다. 행복의 감정은 그대로 태도가 되어도 되지 않을까? 극도로 올라왔던 부정적인 감정이 희열로 치환되는 순간, 기쁨도 배가 되었다. 온몸에 빛과 온기가 퍼져 나가는 느낌. 감정이 정말 한순간에 바뀔 수 있구나, 신기할 정도였다. 겪었던 고행에 아름다운 이유가 붙었다. 모두 이 풍경을 보기 위함이었다. 그래, 가끔은 감정적이어도 된다. 구구절절 읊었던 깨달음도 하루 만에 번복하는 이 마음까지 여행이라 합리화하며, 평화로움을 온전히 즐기기로 했다.

Lake Bled
Velika Osojnica,
Unnamed Road, Bled

헝가리

5장

부다페스트

Budapest

헝가리의 수도 부다페스트. 세체니 다리와 다뉴브강을 중심으로 서쪽으로는 귀족들의 도시였던 '부다', 동쪽으로는 서민들의 도시였던 '페스트'가 자리하고 있다. 이 두 구역이 합쳐진 현재의 도시를 '부다페스트'라고 부른다. 야경이 특히 아름답기로 소문난 부다페스트의 국회의사당은 개인적으로 해가 뜨기 전 여명 속에서 더 황홀했다.

국회의사당을 제대로 보고 싶다면 부다가 아닌 다뉴브강 반대편 페스트의 '어부의 요새'를 추천한다. 높게 위치한 성으로, 다뉴브강과 페스트가 한 눈에 내려다보이는 회랑이 있다. 언제나 사람이 북적이는 곳이니 여유 있게 둘러보고 싶다면 야경보다는 해가 뜨기 전을 노리는 것이 좋다. 조용한 어부의 요새를 가볍게 산책하다 보면, 적당히 선선한 바람 속에서 빛을 향해 고개를 드는 국회의사당을 만나볼 수 있다.

사진을 정리해 보니 이상하리만치 부다페스트에서 찍은 사진이 없었다. 세 번이나 방문했음에도, 요시고의 사진으로 잘 알려진 세체니 온천에서조차 한 장 제대로 찍어 보지 못했다. 나만의 시선으로 담아 보려 했으나 이미 그 사진이 너무 유명한 탓에 담아내기가 쉽지 않았다. 게다가 막상 온천에서 카메라를 들고 사진을 찍자니, 해변가를 찍는 것과는 달리 괜히 신경이 쓰였던 탓이다.

낮에는 부다페스트를 천천히 걸어다녔다. '젤라또

로사'에서 헤이즐넛맛 젤라또를 사서 성 이슈트반 성당 앞 계단에 앉아 먹고, 분수대를 그늘 삼아 벤치에 누워 낮잠을 즐겼다. 저녁이면 달달한 토카이 와인을 뜨끈하고 칼칼한 굴라쉬와 함께 홀짝여도 좋았다. 아니면 버스를 타고 근교인 센텐드레나 발라톤으로 나가는 것도 추천한다. 내 기억 속 발라톤 호수는 흐린 날이었어서 풍경이 아름답진 않았다. 호수 가운데 덩그러니 식당이 있었는데 함께했던 사람들과 만든 추억이 더 짙다. 음식이 아주 맛있진 않았지만, 다 같이 나누어 먹었던 라벤더 생선 요리는 맑은 보랏빛 기억으로 남아 있다.

Halászbástya
Velika Osojnica,
Budapest, 1014 헝가리

어쩌면 마지막 밤

약 세 달간의 유럽 여행을 마치고 한국으로 돌아가기 전, 마지막 여행지가 부다페스트였던 적이 있었다. 그때 묵었던 민박집에서 사장님과 이런 대화를 나눴다. 사장님에게 갑작스레 스냅 촬영 제안을 받았는데, 여행을 확실히 끝내고 귀국하는 게 아니라 돈이 떨어져 쫓겨나듯 돌아가는 길이었기에 그 제안이 아주 만족스러웠다.

여담이지만, 유럽에서 스냅 사진을 찍는다면 내가 사랑하는 포르투갈에서 하고 싶었다. 하지만 포르투갈은 세금이 너무 비싸 스냅촬영을 시작할 용기가 없었다. 그래서 못했던 해외 스냅을 이렇게 마지막 여행지에서, 그것도 먼저 제안을 받다니! 수락한다면 돈도 벌고 여행지에 계속 남아 있을 수 있었지만, 이상하게도 무언가 마음에 걸려 나홀을 내리 고민했다. 그러다 마지막 날 저녁에 세체니 다리를 걷고 있을 때였다. 잠시 멈춰 기대서서 다리 너머 풍경을 바라보았다. 다리 위에서 보는 부다도, 페스트도 어느 방향을 보아도 반짝이는 풍경이 있었다. 답을 찾을 수 없어 답답했던 마음에 전구가 켜지듯 결심이 섰다. 여유가 없어 잠시 잊고 있었다. 나는 이렇게 풍경을 감상하고, 발길 닿는 대로 걷고, 경험할 수 있는 자유로움이 좋았다. 그렇게 여행자로 만족하는 삶을 택하기로 했다. 발끝을 어디에 두어도 내 앞에 보이는 아름다운 부다페스트처럼, 세상 어느 방향으로 걸어도 내 선택이 이끈 길이니 후회가 없을 거라는 확신이 들었다. 대신 아쉬운 마음에 배낭에 있던 옷을 한껏 버리고, 빈 곳을 토카이 와인으로 가득 채워 한국으로 돌아갔다. 후회는 없으나 사실 많이 아쉬웠다. 챙겨온 와인처럼 아쉬운 마음을 달게 숙성시켜 보자며 애써 스스로를 달랬다.

하지만 숙성될 시간을 못 견뎠다. 남은 돈을 탈탈 털어 제주도에서 세 달을 더 보내고 나서야 다시 회사에 정착할 수 있었다. 본격적으로 코로나가 시작되던 때였다. 해외에서 여행객을 상대로 생계를 유지하던 사람들에겐 그야말로 생존을 건 사투의 시간이었으리라 감히 짐작해 본다. 해외에서 스냅작가를 하던 친구들이 하나둘씩 제주도로 들어온다는 소식이 밀려들 때, 나는 시기 좋게 귀국했다고 되뇌면서 회사 일에 집중했다.

금방 잠잠해질 줄 알았던 코로나가 변이를 거듭 일으키며 사람들을 잡고 늘어졌다. 모두가 지쳐 가는 것이 느껴졌다. 비행편이 눈에 띄게 줄어들고, 여행이라는 단어 자체가 금기시되는 분위기가 생겨났다. 실제로 여행을 갔다고 티를 내면 대중들의 뭇매를 맞기도 했다. 불안이 사람들 위로 무겁게 내려앉으며 '낯선 곳에서 내가 사랑하는 것들'을 다시 볼 수 없다는 두려움이 밀려왔다. 아무렇지 않게 지워 버렸던 사진 한 장 한 장이 소중해졌고, 아쉬움으로 추억하는 시간이 길어졌다. 더불어 뉴스에서는 기후변화로 없어지는 알프스 빙하와 홍수 피해를 입은 베네치아 소식 등이 들려왔다. 순간, 이렇게 미루다가는 아직 경험해 보지 못한 것들을 영영 놓치고 살게 될 것이란 걸 깨달았다.

결국 나는 또 퇴사를 감행했고 동시에 다시 여행길에 올랐다. 작은 식당에 들어가 파스타를 먹으려고 배낭에서 꾸깃꾸깃한 백신 접종 증명서를 꺼내 보여 주어야 하는 불편한 여행이 시작되었음에도 그저 감사했다. 내가 사랑하는 모습들이 크게 변하지 않고 남아 있다는 사실만으로도 가슴이 뭉클했다. 여행을 다니며 아주 가끔 상상해 보곤 했다. 만약 마지막 여행지 부다페스트에서 계속 남아 있었다면, 나는 어디에서 무엇을 하게 되었을까? 하지만 이내 고개를 저었다. 감사함 속에서 다시 한 번 용기 내어 여행지를 걷는 지금이 가장 중요했기 때문이다.

폴란드

6장

자코파네

Zakopane

모르스키에 오코

자작나무로 유명한 나라가 핀란드인지, 폴란드인지조차 헷갈렸을 때 첫 폴란드 여행을 다녀왔었다. 한참 유럽 곳곳을 돌아다니는 것에 흥미가 붙기 시작했을 때였다. 여태까지 폴란드에서 보낸 일수를 합치면 한 달을 채우고도 며칠을 더 보낸 셈이다. 프라하 게스트하우스에서 만난 형이 폴란드에 간다면 꼭 자코파네에 가보라고 추천했다. 그것이 폴란드 여행의 시작이었다.

폴란드의 수도 바르샤바의 첫인상은 적막했다. 온 도시에 동양인이라곤 나 혼자밖에 없는 탓에 어딜 가도 나를 쳐다보는 시선이 느껴졌다.

브로츠와프는 마을 곳곳에 사백여 개의 난쟁이 동상이 있어서 난쟁이 마을이라고도 불린다. 이 난쟁이 마을을 들렀다가 참회자의 다리 위에서 다큐멘터리 인터뷰를 한 적도 있다. 짧은 영어로 열심히 답을 했는데, 나중에 확인해 보니 아주 짧게 오 초 정도 나왔다. 이렇게 작은 에피소드들을 만들며 약 열 개 정도의 크고 작은 폴란드 도시들을 여행했다. 그런데 왜 멋진 사진이 이렇게 없냐고 묻는다면? 비가 왔다. 계속 왔다. 어딜 가든

자칭 날씨요정이라고 자신 있게 말하던 내가 진지하게 타이틀을 반납해야 하나 고민했을 정도였다.

　최고의 폴란드를 보지 못했음에도, 자코파네와 모로스키에 오코를 소개하고 싶은 이유는 한 번 더 가고 싶은 곳이기 때문이다. 폴란드 속담에 "인생이 힘들 때는 자코파네로 가라."라는 말이 있다고 했다. 정확히 말하면 정말 있는 줄 알았다. 한국인들끼리 하는 말인 줄 알게 되었을 때 조금 실망스럽긴 했지만 그런 말이 돌 정도로 매력적인 곳임은 틀림없다. 바다의 눈이라는 뜻의 모르스키에 오코는, 폴란드 남쪽 끝의 아주 작은 마을 자코파네에서 갈 수 있다. 고타트리산맥에 위치한 바다의 눈은 꽤 깊고 큰 호수다. 인근 도로에서는 도보로 두 시간이 걸리고, 근처 마을에서 이십여 분 밴을 타고 호수 초입으로 가 입장료를 지불한 후 마차를 타고 올라갈 수도 있다. 이때 꼭 마차를 타고 올라가길 추천한다. 꼭!

모르스키에 오코를 10월과 4월 두 번 방문했음에도 아직 바다의 눈을 제대로 본 적이 없다. 항상 애매한 계절에 찾은 것이 패착이었다. 처음 모르스키에 오코에 도전할 때는 4만 원 정도인 마차 비용이 너무 아까워서 걸어 올라갔다. 약 15km지만 완만한 길이기에 어렵지 않을 것으로 생각했다. 적당히 구름 낀 날씨는 오히려 땀을 식히기에 좋을 것 같았다. 이것이 자코파네에서 내린 가장 잘못된 결정임을 깨닫기까지는 오래 걸리지 않았다. 두 시간쯤 걷자, 빗방울이 조금씩 떨어지기 시작했다. 유럽에서 그 정도의 이슬비는 흔했기 때문에 개의치 않고 삼십 분을 더 걸어 올라갔다. 점점 빗방울이 굵어지기 시작했다. 정수리로 느껴지는 물방울의 크기가 심상치 않음을 깨닫자마자 가지고 있던 비상용 우비를 꺼내 입었다.

비가 우비를 때리는 소리와 직선을 긋다 못해 면으로 내리는 듯한 빗줄기에 정신이 혼미해질 때쯤, 중간 쉼터에 도착했다. '인생이 힘들 땐 자코파네로 가라'는 말이 아름다운 자코파네로 가서 마음을 치유하라는 말이 아니라, 더 힘든 일을 겪고 그간의 힘듦을 떨칠 수 있게 하라는 의미임을 그제야 깨달았다.

그렇게 도착한 모르스키에 오코에서는 아무것도 볼 수 없었다. 구름 속에 들어가 있는 것처럼 뿌연 안개 속에는 축축하게 젖은 나무들만 나를 에워싸 안쓰럽다고 수군거렸다. 기운이 다 빠진 채로 근처 나무 산장을 찾아 양파죽을 먹었다. 추워서 덜덜 떨리는 손으로 온기를 위장에 채워 넣으며 희뿌연 창밖을 하염없이 바라보았다. 정말 너무 나가고 싶지 않았다. 다시 빗속을 뚫고 하산할 생각을 하니 묽은 죽조차 밀어 넣기 힘들었다. 하지만 날이 저물기 전에 서둘러 내려가야 했기에 산장 문을 지옥문처럼 열며 다시 길을 나섰다. 세차게 내린 비로 그새 길이 끊기고 발목까지 물이 차 있어 '여기서 끝인가' 싶을 정도로 당혹스러웠으나 몇 안 되는 등산객들과 함께 서로 손을 뻗어 주며 다시 입구로 돌아왔다.

젖은 채로 추운 산속에서 몇 시간을 걸었으니 그렇지 않아도 깡마른 몸이 스스로 어찌할 수 없을 만큼 끊임없이 떨렸다. 숙소에 도착하자 결국 열이 끓기 시작했다. 라디에이터에 옷가지를 되는대로 벗어던지고 가지고 있던 상비약을 닥치는 대로 입에 털어 넣었다. 바다의 눈이 쏟아낸 눈물 덕에 이불을 끌어 덮고 한나절을 넘게 누워 앓아야 했다.

창문에 비치는 햇살이 부셔 눈을 떴을 때는 다음 날 아침이 되어 있었다. 같은 방을 썼던 조지아 형이 나에게 괜찮냐며 걱정스레 안부를 물었다. 다 죽어 가던 어제와는 다르게 온몸이 개운하고 가뿐했다. 여행자에게 내리는 축복인가 싶을 정도로 오히려 몸이 가벼웠다.

조지아 형은 그날 모르스키에 오코 호수에 간다고 했다. 주저할 새도 없이 라디에이터 위에서 빠닥빠닥 구워진 옷을 주워 입고 냉큼 따라나섰다. 형을 따라 마차를 탔다. 4만 원을 아까워한 어제의 내가 어리석어 보일 정도로 마차는 정말 편했다. 힘들었던 기억은 밤새 흘린 식은땀에 씻겨 나갔는지, 다시 마주할 호수에 대한 기대만 가득 안고 산을 올랐다. 마차를 끄는 말들에게 진심으로 감사함을 느끼며 좁은 오솔길을 지나 탁 트인 호수에 다다랐다. 어제 내가 왔던 곳이 맞나 싶을 정도로 맑고 투명한 물이 숲에 쌓여 고요히 일렁였다. 설산이 호수에 비쳐 두 세상의 경계에 서 있는 기분으로 어제의 고생을 모두 일시불로 보상받았다.

그 후로 상상 속 초록빛 호수를 제대로 보고 싶어 3년이 지나 다시 자코파네를 찾았다. 4월쯤이면 볼 수 있지 않을까 했지만 예상은 보기 좋게 빗나갔다. 선선한 여름에 모르스키에 오코의 초록색 눈동자 옆에 앉아 순록을 마주하는 일은, 그렇게 몇 안 되는 나의 여행 버킷 리스트에 자리하게 되었다.

Morskie Oko
Droga Oswalda Balzera,
34-532 Brzegi, 폴란드

일상을 여행처럼, 여행을 인생처럼

모든 여행은 새로운 시작으로 만들어지고, 모든 새로운 시작은 여행처럼 느껴지기 마련입니다. 흘러넘치도록 여행하세요. 하고 싶은 것을 할 수 있는 용기를 내셨으면 합니다.

현실적인 문제가 있을 수 있어요. 뒤로 하고 떠나기 버거운 상황들이 있을 수 있어요. 하지만 '여행'이라고 멀리, 거창하게, 화려하게 떠나지 않아도 괜찮습니다.

내 여유가, 내 마음이 허락하는 곳까지 발을 내디뎌 보세요. 그렇게 다음에는 한 걸음 더 멀리. 또 다음에는 더 멀리.

제대로 된 변화는 한 번이 아니라, 켜켜이 쌓이면서 일어나는 것이라고 합니다.

천천히 넓혀 내딛다 보면 당신만의 이야기가 쌓이고, 나의 여행은 어떤 것이라고 자신 있게 말할 수 있게 될 거예요. 당장 낼 수 있는 용기의 크기는 중요하지 않습니다. 모든 시간과 경험은 차곡차곡 쌓여야 더 의미가 있으니까요.

일상을 여행처럼, 여행을 인생처럼.
저는 올해 여행같이 살기로 했습니다.

당신의 모든 일상이 여행 같기를 바라며, 언젠가 여행길
에서 저와 다시 만나기로 해요.

오늘도 여행처럼 살기로 했다

초판 1쇄 발행 2024년 7월 24일
초판 3쇄 발행 2024년 11월 11일

지은이 박재신
펴낸이 박영미
펴낸곳 포르체

기획·책임편집 임혜원
마케팅 정은주 민재영
디자인 황규성

출판신고 2020년 7월 20일 제2020-000103호
전화 02-6083-0128 | **팩스** 02-6008-0126
이메일 porchetogo@gmail.com
포스트 https://m.post.naver.com/porche_book
인스타그램 www.instagram.com/porche_book

ⓒ 박재신(저작권자와 맺은 특약에 따라 검인을 생략합니다.)
ISBN 979-11-93584-54-5 (03810)

여러분의 소중한 원고를 보내주세요.
porchetogo@gmail.com